聽雨的告白。

LISTEN TO THE RAIN

茉寧 著

喜歡上你，就像沒有撐傘走在細雨之中，
雨水掩去了眼淚的痕跡，
我告訴自己，我沒有哭，我可以繼續喜歡你。

出·版·緣·起

三百六十度全媒體出版

城邦原創創辦人　何飛鵬

當數位變革浪潮風起雲湧之際，做爲一個紙本出版人，我就開始預想會不會有數位原生內容出版社出現？如果會的話，數位原生出版會以什麼樣貌出現？而我又將如何面對這種數位原生出版行爲？

就在這個時候，我看到了大陸的起點網，這個線上創作平台，聚集了無數的寫手，形成數量龐大的創作內容，無數的素人作家在此找到了夢許之地，也成就了一個創作與閱讀的交流平台，而手機付費閱讀的習慣養成，更讓起點網成爲全世界獨一無二、有生意模式的創作閱讀平台。

基於這樣的想像，我們決定在繁體中文世界打造另一個線上創作平台，這就是POPO原創網誕生的背景。

做爲一個後進者，再加上我們源自紙本出版工作者，因此我們在POPO上增加了許多的新功能，除了必備的創作機制之外，專業編輯的協助必不可少，因此我們保留了實體出版的編輯角色，讓有心成爲專業作家的人，能夠得到編輯的協助，我們會觀察寫作者的內容、進度，選擇有潛力的創作者，給予意見，並在正式收費出版之前，進行最終的包裝，並適當的加入行銷概念，讓讀者能快速認識作者與作品。

這就是POPO原創平台，一個集全素人創作、編輯、公開發行、閱讀、收費與互動的一條龍全數位的價值鏈。

經過這些年的實驗之後，POPO已成功的培養出一些線上原創作者，也擁有部分對新生事物好奇的讀者，不過我們也看到其中的不足—我們並未提供紙本出版服務。

眞實世界中，仍有許多作家用紙寫作，還有更多讀者習慣紙本閱讀，如果我們只提供線上服務，似乎仍有缺憾。

爲此我們決定拼上最後一塊全媒體出版的拼圖，爲創作者再提供紙本出版的服務，讓所有在線上創作的作家、作品，有機會用紙本媒介與讀者溝通，這是POPO原創紙本出版品的由來。

如果說線上創作是無門檻的出版行爲，而紙本則有門檻的限制，線上世界寫作只要有心，就能上網、就可露出，就有人會閱讀，沒有印刷成本的門檻限制。可是回到紙本，門檻限制依舊在。因此，我們會針對POPO原創網上適合紙本出版的作品，提供紙本出版的服務，我們無法讓所有線上作品都有線下紙本出版品，但我們開啓一種可能，也讓POPO原創網完成了「三百六十度全媒體出版」的完整產業及閱讀鏈。

不過我們的紙本出版服務，與線下出版社仍有不同，我們提供了不同規格的紙本出版服務：（一）符合紙本出版規格的大眾出版品，門檻在三千本以上。（二）印刷規格在五百到二千本之間的試驗型出版品。（三）五百本以下，少量的限量出版品。

我們的宗旨是：「替作者圓夢，替讀者服務」，在作者與讀者之間搭起一座無障礙橋梁。

我們的信念是：「一日出版人，終生出版人」、「內容永有、書本不死、只是轉型、只是改變」。

我們更相信：知識是改變一個人、一個組織、一個社會、一個國家的起點。讓想像實現、讓創意露出、讓經驗傳承、讓知識留存。我手寫我思，我手寫我見，我手寫我知，我手寫我創，變成一本本的書，這是人類持續向前的動力。

我們永遠是「讀書花園的園丁」，不論實體或虛擬、線上或線下、紙本或數位，我們永遠在，城邦、POPO原創永遠是閱讀世界的一顆螺絲釘。

Chapter 1

唰一聲，三張空白乾淨的考卷擺在我眼前。

不等我抬頭，一道甜美的聲音不容置喙地說：「老樣子，這是今天早自修發下來的總複習卷，明天要檢查，麻煩妳快點寫，放學前給我。」

我沒有應聲，只是幾不可見地點了點頭，收下那三張物理考卷。

學校的團體生活猶如一個小型社會。

班上可以被簡單區分爲三類族群：第一類是渾身散發光芒的勝利組，功課好、人脈廣、影響力又夠，到哪裡都有認識的人；第二類則很普通，但在班上或多或少有一點號召力，身旁也總會圍繞著幾個朋友。

最後一類則是像我這種，老是一個人行動，沒什麼朋友的邊緣人，習慣拎著便當到頂樓獨自用餐，有時甚至還會被人要求代寫作業。

雖然不願意，不過爲了融入班上，只能默默收下考卷。

其實會演變成今天這樣的局面，有一部分也是我自身的問題，是我讓她們這麼對待我的。

「承勳，中午打不打球？」

聽到問話聲，我好奇地往右瞥去，坐在我旁邊的張承勳正伸著懶腰，似乎有些猶豫地看向問話的人，思考了幾秒後，最終他還是趴回桌上，對那個人擺擺手，說了聲算了。

這麼好，有人找你打球還拒絕。

看到此番情形，我忍不住撇嘴，在心裡不滿地嘟囔。

「怎麼？看妳的表情好像很有意見？」原本趴在桌上的張承勳，不曉得什麼時候將頭轉向我。

儘管看不到他的嘴角，但他的眼神透露出了濃厚的笑意。

「沒、沒有，我怎麼敢。」

「眞、的、嗎——」他刻意拉長尾音，一字一字地加重音強調。

面對他突如其來的針對，我連忙從抽屜抽出幾張衛生紙，起身假裝要去廁所，迴避這令人手足無措的話題。

我打算待在廁所，鐘響後再回教室，在等待時突然想到——張承勳就是那種渾身散發光芒的勝利組，似乎不用努力成績卻總能名列前茅，開朗的笑容及溫和的態度使得老師對他評價極高，在同儕間人緣也很好，不少女生甚至給了他「陽光王子」的稱號。

什麼陽光王子……剛剛的笑容明明就很邪惡。

我回到座位上，認爲這個意外插曲該告一段落時，只見一張摺起的紙條突兀地出現在桌上。

我好奇地觀察左右鄰座的反應，或許是有人要我幫忙傳紙條？坐在我右側的張承勳在注意到我的視線後，用下巴指著那張紙條，示意我打開。

「妳是掉到馬桶喔？都上課了才回來。」

我不想理會他，直接將紙條收進抽屜，收回心神準備提筆抄寫黑板上的筆記。

沒想到在下一刻，又有一張紙條落在桌上。

「幹麼不回我？」

收進抽屜。

「生氣了？」

再收進抽屜。

「我不想上課了，要不要陪我？」

這次，我沒再把紙條丟進抽屜，有些疑惑地扭頭看向他，然而他僅是笑吟吟地回望我。

正當我想問他是什麼意思時，他卻逕自轉身趴回桌上睡起覺來。心中頓時泛起一股被戲弄的不悅，我只能忿忿地收起紙條，將注意力轉回課堂中。

好不容易熬過令人昏昏欲睡的歷史課，迎來了午餐時間，我瞥了一眼右側的座位，才發現張承勳已不見蹤影，也許是睡飽跑去打球了吧？

移回視線，我獨自邁步前往蒸飯室取出便當，朝目的地緩緩走去，轉開頂樓門把，倏地一陣強風刮來，我走到某個位置坐定。

我之所以如此喜歡這裡，是因爲從這裡可以俯瞰整座學校，跑道上揮灑汗水的田徑社社員、籃球場上奔馳的學生，以及在川堂練舞的熱舞社社員，看著那些活躍的身影，就彷彿自己也與他們一起揮霍著青春的時光。

打開便當，我吃著昨天特地請媽媽煎的鮭魚，目光不自覺向籃球場的方向望去，下意識尋找那抹身影。

「是煎鮭魚嗎？眞好。」

突如其來的人聲，嚇得我差點鬆開拿著便當盒的手。

扭頭一看，我不由得一愣，「張承勳？」

「怎麼？看到我很驚訝？怎麼表情像是見到鬼似的。」張承勳皺起眉頭，似乎對我的反應很不滿。

「你怎麼會在這裡？」

「爲什麼我不能在這裡？難道頂樓是妳的專屬用餐區？」

「我、我又沒這樣說。」

他聳聳肩，沒再與我爭辯，反倒逕直走到我身旁坐下，手中還拎著一個便利商店的起司貝果。

「那是你的午餐？」我問。

「算吧，怎麼了？」

「沒什麼，小心營養不良。」

張承勳忽然笑得很開心，他將手中的貝果往旁邊一放，雙眼直直朝我看來，有好幾秒沒有作聲。我一時尷尬得不知如何回應，只得別開視線，低頭沉默吃起便當。

「這麼關心我？」他輕笑出聲，語氣滿是揶揄。

「少自作多情了，我只是禮貌性隨口說說罷了。」我冷淡地回。

張承勳沒有接話。

我可以感覺到他的眼神依舊停留在我身上，我渾身就像是被螞蟻爬過般不自在。

「嗯，我記得妳的名字是……紀語霏？」良久，張承勳才緩緩開口：「要不是前幾天換座位抽到妳旁邊的位子，我大概沒什麼機會和妳說話吧，看妳平時在班上挺安靜的，想不到這麼伶牙俐齒。」

我沒有回應，自顧自地夾了口飯塞進嘴裡。

「有件事我一直很好奇……」他頓了一會兒，才猶豫地再次開口，「開學前兩週，妳為什麼沒來學校？」

這個問題使我停下了動作。

「我問過班上同學，不過大家都不知道原因。」他執著地凝視著我，「如果妳不想說也沒關係，但至少告訴我妳不想說。」

我嘆了口氣，把筷子擱在一旁。

看到他認真的面容，我思量了半晌，決定讓他知道眞相，「出車禍。」

「什麼？」

「我出了車禍。」我揉了揉太陽穴，繼續解釋，「開學典禮那天，我因爲睡過頭錯過公車，我哥騎摩托車載我上學，誰知一輛沒打方向燈的小客車突然右轉，我哥一時煞車不及，便撞了上去。」

他靜靜地等我往下說。

「其實車禍並不嚴重，我只有腳腕輕微骨折而已，想說剛開學沒什麼事，就索性在家休養。」我盡量不讓語氣流露出低落的情緒，「原本以爲遲兩個禮拜上學不會有什麼影響，可是等我回到學校上課時，發現同學們各自都有了朋友圈，雖然有試著加入，卻還是難以融入。」

說到這裡，儘管我還有半個便當沒吃完，仍頓時沒了食慾。扭頭覷向張承動，只見他專注地嚼著貝果，完全沒有要理會我的意思。

「喂，你都不會想說點什麼嗎？」我不禁問。

正常情況下，一般人在這時不都會安慰我幾句嗎？他怎麼反倒胃口大開地吃起午餐來？

「說什麼？」他挑眉，一臉不以爲然，「妳希望我說什麼？」

被他如此反問，我瞬間一噎。

是啊，我希望他怎麼說？我們不過同班沒多久，他沒必要也沒義務安慰我。即使很多人在這種狀況下，會選擇客套地寬慰對方，然而比起那種虛僞的關心，我情願他像現在這樣什麼也不做。

至少這是他眞實的反應。

「算了，我也沒有要你特別說什麼，只是想聽聽你的看法。」

「妳眞的想聽？」

「嗯。」

他像個孩子一樣舔了舔手指殘留的起司，粲然一笑，「那妳先幫我把剩下的貝果吃完。」

「啊？」

他將剩下四分之一的貝果遞到我面前，「吃吧，我等等還要吃其他東西，所以現在不能吃太多，妳幫我吃掉剩下的貝果，我告訴妳我的想法，多划算的交易。」

我困惑地接過貝果，見他臉上浮現愉悅的神情，忽然有點懷疑他是不是想要我。

眞是怪人一個。

儘管如此，我依然把貝果送到嘴邊，在咬下第一口時，張承勳說話了。

「我覺得這其實是妳自身的問題。」

「什麼？」

「就算別人眞的不想讓妳加入小團體好了，妳有想過再多試幾次嗎？」張承勳的口氣平淡，但頗爲認眞，「妳仔細想想，假設今天妳和幾個朋友自成一圈，突然冒出一個沒講過幾句話的人想加入，妳會立刻接受嗎？不會吧？同樣的道理，班上同學之所以不肯接納妳，不是討厭妳，或是認爲妳很難相處，只是單純因爲跟妳不熟，而妳不過受挫一次就輕言放棄，難怪至今打不進任何圈子。」

我想替自己辯解，卻無法反駁。縱使不滿他無法體會我的艱難，又不得不認同他的觀點。多矛盾的心情。

「怎麼？妳好像很不服氣？」

「有一點。」我不太想看他，撇過頭繼續說：「但你說得也沒錯，以前我總因爲別人不肯接受我，而感到委屈，不過就像你說的，會演變成今天這樣的局面，平心而論，我也得負起很大的責任，我不該只考慮自己的感受，也要站在別人的立場設想才對。」

在這暑熱難耐的夏季，張承動的話好似即時的雷陣雨，不僅澆醒了我，更使沉積在心底的鬱悶一掃而空。

我緩緩轉過頭，迎上張承動的視線。

他唇角勾起，「不錯啊，一點就通。」

「你以後有沒有打算做心理諮詢師啊？」我打趣他。

「這提議不錯啊！畢竟每次諮詢都要價不斐，應該可以賺上一筆。」

「坑錢啊？」我忍不住腹誹他根本坐穩了奸商界第一把交椅。

「就是坑錢。」他雙手交叉橫放在胸前，神情突地帶上了幾分正經，「妳都沒什麼話想對我說嗎？」

「我要跟你說什麼?」我有些困惑。

「謝謝啊。」他語氣無奈,「未來赫赫有名的張醫生免費爲妳問診,妳連聲道謝也沒有,難道妳不覺得自己很對不起那些繳了大把鈔票的客人嗎?」

望著一臉得意的張承勳,我不由得笑了出來。

「是你自願的,我又沒強迫你,再說我有支付診金啊。」我搖了搖手中的空袋,「我幫你吃掉剩下的貝果。」

張承勳翻了個白眼,「忘恩負義的傢伙,虧我還讓妳吃了我的貝果。」

「什麼?」

下一秒,我頓時明白了他的用意。原來他看我只吃半個便當,怕我會餓,才會用這種方式哄我吃貝果,我的嘴角因爲他不著痕跡的體貼而微微勾起。

「笑什麼?」

「沒什麼。」我略微不自在地拉了拉衣角,「不過……還是謝謝你的開導,還有貝果。」

張承勳輕輕一笑,「妳道謝的時間點還眞怪,剛剛要妳謝我妳還不肯,不過知恩是件好事,那妳是不是該準備一份謝禮給我?」

「什麼謝禮?」我就知道這傢伙不會這麼輕易放過我。

「我把剩下的貝果讓給妳了,害我現在肚子很餓,妳應該要陪我去吃午餐,補償我一下吧?」他抬手指向萬里無雲的湛藍晴空,「再說,天氣這麼好,待在教室豈不是太可惜了嗎?」

腦中瞬時閃過那張紙條的內容——

「我不想上課了，要不要陪我？」

「你該不會是想——」

他嘴角一勾，不等我回答，直接拉起我的手，朝門口走去。

「喂、喂喂，我的便當盒還沒拿！」

「那種東西晚點回來拿就好，沒人想偷啦。」

我沒再爭辯，目光落在他與我交握的手上，竟不曾萌生甩開的念頭。

以前就曾聽班上的同學議論，學校有道矮牆被稱作「蹺課之牆」，這道牆地處偏僻，少有人經過，故成爲許多蹺課學生眼中的寶地。然而由於近來學生蹺課的頻率大幅增加，每逢午休時間，教官都會在那道矮牆附近巡邏。

我和張承勳躲在樓梯間，這個位置正好是教官的視線死角，我們透過窗戶查探教官的一舉一動，等待下課鐘聲響起。

「爲什麼要等鐘響？」我拭去額頭上的汗水，不解地問。

我忽然覺得自己像個白癡，炎炎夏日，不坐在教室裡吹冷氣睡覺，反而跑來這裡活受罪。

「因爲大家通常會選在剛上課時和午休時間蹺課，所以教官會在這兩個時段加重巡邏。」

張承勳厭惡地瞥向窗外熾熱的太陽，「不過誰都不想在大熱天站崗，等到午休時間一結束，教官自然會回教官室休息。」

不愧是張承勳，連蹺課都能蹺出心得來。

我不禁問：「從入學到現在，你究竟蹺過幾次課啊？」

雖然以前沒特別注意他的出缺勤狀況，但仔細回想，確實常聽到同學們提起他慣性蹺課的行徑。然而在這間注重升學率的名校裡，只要能保持好成績，老師對此也多半睜一隻眼閉一隻眼。

「沒數過，怎麼了？」他隨口回。

「好奇問問罷了。」我嘆了口氣，「上天還眞不公平，爲什麼你常蹺課卻能名列前茅，而我放學後還必須去補習班補習，讀得死去活來，可是成績依然只停留在中段。」

「怪妳太笨。」他倒是絲毫不顧我的顏面。

我沒好氣地給了他一個白眼，不再與他爭辯，反正怎麼吵都是我輸。

好不容易熬到鐘響，我趕緊朝窗外望去，教官也果眞如張承勳所說，在那刹那神色一鬆，立刻往教官室的方向疾步離去。

「走了。」見狀，張承勳立即起身，拍了拍褲子上的灰塵。

走出教學大樓，正午的陽光比想像中還要強烈，我瞇起眼睛，一面用手遮擋陽光，一面跟在張承勳身後走向矮牆。

直到鄰近那道牆，我才驚覺自己被它的稱號所矇騙了。

什麼矮牆？這道牆比我的身高還多出少說有十五公分！

「妳先過去。」張承勳蹲下身。

「你蹲下去幹麼？難不成你要用跳的？」我覺得有點莫名其妙。

他上下打量我，隨即噗哧一笑，「對啦，我是可以用跳的，不過妳這身高大概能摸到牆端就不錯了吧？」他抬手彈了下我的額頭，「笨！蹲下來還不是爲了妳。」

「喂，你這什麼意思。」聽出他的嘲笑，我不悅地瞪了他一眼。

「不和妳吵了，再吵下去其他人都要來了。」他指指自己的肩膀，示意我跨坐上去，「上來，快點。」

「啊？」我非常震驚。

「啊什麼啊？難不成妳希望我抱住妳的腳？」

呃，這樣好像也沒比較好。

看著張承勳，再回頭瞥了眼教學大樓，心想既然都來到這裡了半途而廢也不是辦法，我才不情願地將手搭在他的肩上，然後跨坐上去。

此時我無比慶幸自己平常習慣穿運動服，若是穿著裙子豈不是更尷尬。

有了他的幫助，我順利搆到矮牆頂端，雙手抓穩後，略略施力便得以輕鬆翻牆而過，約莫過了幾秒，張承勳也一派輕鬆地落在我身畔。

身高一百八就是不一樣，我在心裡吐槽著。

「幹麼？妳的表情好像很不以爲然。」

「有身高有頭腦，果然是勝利組。」

「哎呀，沒辦法嘛。」他摸摸頭，臉上是止不住的得意。望向對街的紅綠燈，我換了個話題：「要去哪裡？」

「嗯？」

「你不是說肚子餓，想吃東西嗎？要去哪裡吃？」

張承勳再次拉起我的手，「走吧，帶妳去一間我常去的餐廳吃午餐。」

「我吃飽了，看你吃就好。」我有些不好意思，又加了一句，「而且我最近很窮。」

「喝飲料也行啊，我請妳。」張承勳滿臉燦笑。

我不自覺別開視線，任憑他拉著我的手前行。

在這一刻，我覺得自己似乎有什麼地方不一樣了。

張承勳總是出乎我的意料。

我還納悶為何我們走的方向與公車站不同時，他在一台寶藍色的機車前停下了腳步，從口袋掏出鑰匙。

我當場呆住。

「戴好。」我還沒反應過來，他便從機車行李箱拿出一頂全罩式安全帽遞給我，自己戴起了一頂半罩式安全帽。

「你、你會騎車？」因為過於驚訝，我說話突然結結巴巴的。

「會啊，這很正常吧？」他跨上機車，發動引擎。

「等、等等，你有駕照嗎？你才十七歲吧？無照駕駛被抓到可是會被罰的，你應該知道吧？」我抓著張承勳的衣襬，有些緊張地問。

「我晚讀，這樣妳總該理解了吧？」他扭頭覷了我一眼，示意我上車，「別擔心，連妳這個笨蛋都知道無照駕駛犯法，我怎麼可能不曉得？抓好了，我對自己的騎車技術很有自信，只是車速有點快就是了。」

我才剛坐好，他便催下油門。

景色從眼前飛快掠過，我將頭往前微微一探，想確認一下車速，儀表板上的數字卻讓我詫異到說不出話來，張承勳正以時速八十的速度在市區的街道上穿梭！

什麼叫有點快？這根本是超快吧！

好不容易抵達目的地，他車子一停，我立刻脫下安全帽，不悅地罵：「就算你騎車技術再好，也不該在市區裡騎這麼快吧？不是你自以爲技術好就不會有事，如果其他車子意外撞過來，照你這種車速根本反應不及！」

大概是沒料到我會如此生氣，他怔了幾秒，才回過神來。

「抱歉。」他臉色一正。

這麼受教？見他如此誠懇道歉，我方才的怒氣消弭了不少。

「不過妳還眞像個老媽子，特別愛操心。」張承勳嘴角微揚，語氣也恢復輕快。

「喂，張承勳，以後別再騎這麼快了，眞的很危險。」我把安全帽還給他，語重心長地說。

「嗯，聽妳的。」他接過安全帽，頭也沒抬便答。

或許說者無意，但聽者有心。他的回答，令我的心錯了一拍。

「走吧。」張承勳領著我走進附近一間美式餐廳。

推開餐廳大門，門上的鈴鐺發出清脆的聲響，內部裝潢帶著濃厚的美式風格，與其他美式餐廳特別不同的是用餐區前方有一小塊空地，擺著一支可調整高度的直立式麥克風架，與一架鋼琴。

「妳聽過彈琴換餐嗎？」張承勳逕自走過去，掀開琴蓋。

我搖頭。

「簡單來說就是用才藝換取餐點，只要你在這裡彈琴或唱歌兩小時，無論演出水準如何，老闆就會免費招待用餐。」

「你很常來這裡換餐？」聽他說得頭頭是道，我不由得問。

「算滿常的吧。」

「你會彈琴？」我瞠大眼。

倘若被學校那票女同學知道這件事，她們大概會更著迷於張承勳吧，可能還得再封他一個「鋼琴王子」的稱號。

「我不是彈鋼琴——」張承勳的話還沒說完，有位留著鬍子的中年男子由吧檯後方走出。

那位大叔一見到張承勳，臉上立即浮現笑容。

「小子，有陣子沒見到你了，學校很忙嗎？」大叔拍了拍張承勳的肩膀，接著注意到他身後的我，倏地將注意力轉移到我身上，「怎麼？難道你是因爲交了女朋友所以才變忙？」

「我才不是他女朋友！」我連忙否認。

看大叔仍一臉不相信的模樣，張承勳開口解釋：「沒有啦，她是我班上同學，我肚子餓了，順便拉她來陪我吃飯。」

「是嗎？」大叔臉上勾起一抹曖昧的笑容，「臭傢伙，這陣子你沒出現，害得我生意也受到影響，還有不少客人特地問起你的近況。」

聽到大叔這番話，我的目光不禁投向張承勳，原來這傢伙連在校外都這麼出名。

「別氣別氣，你瞧，我這不是來了嗎？」

「你這種時間點過來有什麼用，又沒客人上門。」大叔無奈地翻了個白眼，也沒眞的生氣，「那要幫你拿吉他嗎？Rain？」

「嗯，麻煩你了，我也該練練手感了。」

「你看看你。」大叔擺擺手，轉身進入後方的儲藏室。

「Rain？這是你的藝名嗎？難不成你的偶像是韓國藝人Rain？」我問。

「當然不是，我又不喜歡韓國明星。」他搖頭否認，「剛開始我用本名在這裡表演，誰知道有個女客人找到我的臉書後，瘋狂傳訊息騷擾我，後來爲了保險起見，我就改用Rain這個名字。」

「萬人迷也不好當齁？」我酸溜溜地說。

「當然啊，很辛苦的。」他做出拭汗的動作，並裝出一副無奈的模樣。眞是討人厭的傢伙。

不久過後，大叔從儲藏室走出來，將手中的吉他袋遞給張承動，他則用無比認眞的神情小心翼翼接過，從袋子裡取出了一把深褐色的紅木吉他。

張承動輕撥弄弦，儘管只是試音，但從他的眼神就能看出他有多喜愛這把吉他。

「你和張承動認識很久了？」我悄聲問站在一旁的大叔，不想打擾張承動。

「四、五年了吧，當時這小子還只是個國中生。」大叔笑著回答，接著走進吧檯，迅速調好一杯飲料遞給我，「他大概是從三年前開始玩吉他，技術逐漸純熟後，就開始固定每晚六點在我這裡演出，還因此擄獲了不少女客人的心，願意爲了他時常過來用餐。」

原來如此，難怪大叔會對張承動的久不出現抱怨連連了。

我一邊喝飲料，一邊看向坐在高腳椅上彈吉他的張承動。

他雙眼輕閉，隨著旋律哼唱起逃跑計畫（注）的〈夜空中最亮的星〉，低沉的嗓音搭上輕柔的吉他聲，確實有令人著迷的魅力。

不過他的歌聲裡，似乎藏著一股我難以解讀的情緒……

注：逃跑計畫：中國樂團，成立於二〇〇四年底，音樂風格以獨立流行爲主。

「真的不用給你錢嗎？」走出餐廳，我拉住張承勳。

「不用啦，不是說過要請妳嗎？」

「可是……」

「再說我也沒出錢啊，妳就當我無聊想練練吉他的手感，順便賺一頓午餐就好啦。」張承勳推開我的手，再次彈了下我的額，「話說回來，是誰說不餓，只要喝飲料就好？我的漢堡一大半都被妳吃掉了，大食怪！」

「我原本只想咬一口而已！」我連忙解釋，「誰知道Ocean的漢堡這麼好吃，才會忍不住多咬了幾口……」

張承勳把機車牽出停車格。

「喂，沒忘記我說過的話吧？」想到他剛才的恐怖車速，我不禁開始擔憂了起來。

「什、麼、話？」他露出揶揄的神情，故意一字一字地問。

「你答應過我要安全騎車的，不准食言。」

他將安全帽遞給我，見我仍一臉不滿，居然樂得大笑，「好啦，我沒忘，我會把車速控制在二十左右，這樣總可以了吧？」

一定要這麼極端嗎？我又瞪了他一眼，然而他不僅不害怕，反倒笑得更開心了。

結果上路之後，他竟然眞的用時速二十的速度龜速前進，直到我受不了，數次向他提議可以稍微加快速度，他才勉強加速到三十。

坐在後座的我，無奈地翻了個今天已經不知第幾次的白眼。

回到學校之後，我先去頂樓拎回便當盒，才快步走回教室。一進到教室，就看到白羽歆神色焦急地站在我座位旁，似乎是在找我。

想起早上那三張考卷，我的心頓時一沉。

「妳終於回來了，我快急死了！」她一看到我，神情一鬆，「妳中午過後就不見人影，我去保健室找過，妳也不在那裡，妳到底去哪裡了啊！」

我尷尬得連忙開口：「白羽歆，如果妳是要問考卷的事，抱歉，我還沒寫，不過——」

「考卷?那不重要啦。」白羽歆快速打斷我的話，先是有些神經質地環顧四周，隨即拉起我的手往教室外走去，「我有更重要的事要妳幫忙。」

她拉著我到走廊上一處偏僻的角落，從紙袋中拿出一個保鮮盒，裡面有一塊巧克力蛋糕，蛋糕上還用粉色糖霜畫了一顆大大的愛心。

「我想請妳幫我把這個交給三班的戴河俊。」白羽歆突然露出一副害羞的模樣。

什麼?告白嗎?

「妳爲什麼不自己送啊?」我不解地緊皺眉頭。

「要是我敢，幹麼還找妳!」她抬起頭，臉上又換回我所熟悉的鄙夷神情，惡狠狠地瞪向我，「聽好了，紀語霏，說拜託只是客氣話，我現在是要妳一、定、要幫我轉交給戴河俊！」

我沉默以對，沒有接過保鮮盒。

見我毫無反應，她才急忙放軟語調，「好啦，我不該口氣那麼差的，這樣吧！只要妳能成功，接下來一個月我會自己寫所有的考卷和作業。」

聽到她這番話，我冷笑出聲，伸手接過保鮮盒，她臉上浮現了感激的笑容。

我冷冷地對她說：「這是我最後一次幫妳。」

「什麼？」白羽歆嘴角的弧度忽然僵住。

「以後我不會再幫妳做任何事。」我再次強調，「從今以後都不會。」

「紀語霏，妳——」

「是我太傻，以爲幫妳們做事就會被接納，結果到頭來卻變成一個任人利用的笨蛋。」我諷刺一笑，「我不想再維持這種不對等的朋友關係。」

她臉色鐵青，像是被我一時氣得說不出話來。

「不過妳放心，答應妳的事我還是會做到。」我瞄了手上的保鮮盒一眼，「蛋糕我會幫妳送到戴河俊手上，至於考卷，我也會在明天寫好交給妳。」

「妳……算了，只要妳能順利辦妥這件事，其他都無所謂。」她眼裡透出一絲陰狠，「不過，如果失敗的話，我絕對會要妳好看！」

我毫不在乎地聳聳肩，見狀，白羽歆更是憤怒得轉身就走。

輕撫著保鮮盒，我不禁勾起嘴角。

若不是張承動，我大概連拒絕的勇氣也沒有吧？

拿著保鮮盒，我朝三班的方向前進。

戴河俊也算是校園名人之一，據說他是田徑社社長，也是社上王牌，對跑步有超乎常人的熱情，但對除了田徑之外的事一概不感興趣，平時總冷著一張臉，即使有無數女生向他示好也不曾動容。

我打量起保鮮盒中的蛋糕，從其完成度及精緻度看來，白羽歆應該費了不少心力。

沒想到白羽歆居然會喜歡上一座冰山。

走到三班教室門口，才尷尬地想起三班的人我一個都不任何認識，甚至連戴河俊長得怎樣我都不知道。只能隨便叫住一個站在門邊的男生，把保鮮盒遞給他。

「不好意思，能麻煩你幫我把這個交給戴河俊嗎？」

那男生接過保鮮盒，露出八卦的笑容，往教室裡張望了幾眼：「他不在，好像被老師叫去辦公室了。這樣吧，我幫妳轉交蛋糕，可是不保證他一定會收下。」

聽到他這麼說，再想起白羽歆的威脅，我連忙搖頭。

「不行，一定要把蛋糕送到他手上才行。」我語氣帶著不容拒絕的堅定，「不然你直接幫我把保鮮盒放進戴河俊的抽屜，要是他問起蛋糕是誰送的，你就說是七班的女生。」

那男生微微一愣，似乎對於我如此堅持感到不解。我懶得多作解釋，就算告訴他這蛋糕是我幫別人轉交的，他大概也會認爲我是因爲害羞才以此爲託辭。

無論如何，這種事我不會再做第二遍。值得慶幸的是戴河俊不在教室，儘管少與別人交流如我，也曾聽說過他拒絕女生的事蹟，假如是他本人在場，應該會直接拒收吧。

看到那個男生不太情願地點頭答應，我暗自鬆了口氣，趕緊轉身離開。

深怕再多待一秒，傳言就會開始流竄。

♥

在女廁中，一群女生圍成一圈在激動地討論著什麼。

我站在洗手臺前，特意放慢了洗手的速度，側耳傾聽。

「聽說了嗎？前幾天有個七班的女生對戴河俊告白耶！」

「好像還送了巧克力蛋糕。」

「眞有心，不過八成又被拒絕了吧？」

「沒有，聽說當時戴河俊不在教室，那女生直接託人把蛋糕放進他的抽屜，也沒留下姓名，所以他才無法退還。」就在此時，說話的捲髮女生示意其他女生靠近，並壓低嗓音，「據說有人親眼看到戴河俊把那塊蛋糕吃完了！」

「眞的假的？」那群女生發出不可置信的驚呼。

很多時候，不會凡事都按照你所預想的劇本走。

我原本以爲把蛋糕順利送到戴河俊手上就沒事了，誰知道這件事竟在短短幾天之內迅速傳遍了全校。

對此，白羽歆的心情很複雜，一方面不高興事情鬧得這麼大，一方面則開心戴河俊吃掉她親手做的蛋糕。

我倒是有些後悔，當初不該說出這塊蛋糕是七班女生送的。

「妳的臉色不太好，怎麼了？是不是頂樓的風太大？」張承勳用關心的目光打量我。

我搖搖頭，表示自己沒事。

自從那天與張承勳開始有了交集後，我們每天都會一起到頂樓吃午餐，幸好很少人會來這裡，不用擔心傳出什麼奇怪的流言，不然我大概會被他那群女粉絲追殺吧。想到這裡，我不由得打了個冷顫。

「會冷？」見我抖了一下，張承勳連忙脫下外套往我身上披。

「沒有，只是在想，如果被你的粉絲知道我們一起吃飯，我大概會很慘吧。」

他笑了笑，沒說什麼。

我正打算拿下外套，不過他立刻按住我的手，「穿著吧，頂樓風大，有次我不小心在這裡睡著，晚上頭馬上就痛得要命，後來我打算在這裡睡午覺時，都會習慣帶件外套。」

我促狹一笑，「所以你等一下是打算蹺課躲在這裡睡午覺？」

「或許唷。」他瞇起眼睛，笑得燦爛。

等到鐘聲響起，張承勳跟著我一起回到教室後，我才意識到其實他今天根本沒有要蹺課，是因爲頂樓風大，怕我會冷，才刻意帶了外套。

我摸了摸身上的外套，嘴角不由得微揚。

又是那不著痕跡的溫柔。

原以爲關於戴河俊收下七班女生送的蛋糕一事，校園裡的議論很快就會止息，不料他那群粉絲卻放話要查出那個女生是誰。

「紀語霏，這件事怎麼到現在還沒落幕啊？」就連本來爲此暗自竊喜的白羽歆也開始感到不安，趁下課時間到我座位旁邊質問我。

「我都完成妳的要求了，妳到底還有什麼不滿意？」我無奈地蹙起眉，「至於妳擔心的事，應該去問問戴河俊的粉絲，不該問我。」

「別忘了，這件事是妳引起的。」她瞪了我一眼。

聽到她如此強詞奪理，我感到有些好笑，「我引起的？倘若不是妳威脅我幫妳送蛋糕給戴河俊，會發生這些事嗎？我沒怪妳把我牽扯進來已經很好了。」

「是妳處理的方式不對！」白羽歆不甘示弱地回，彷彿所有的錯皆因我而起，「要是妳能小心一點，情況怎麼會變成這樣？現在只能祈禱傳言趕快消失了。」

看白羽歆沒打算爭辯下去，我本來不想繼續回嘴，卻忍不住問：「話說回來，事情都到這地步了，妳爲什麼不直接告白？」

「要妳管！」她的臉因爲我的話忽然脹紅，但仍強裝鎮定。

我低下頭翻閱筆記掩飾笑意。

就在白羽歆準備離開時，窗外猛地傳來高分貝的驚呼聲，嚇得教室裡的所有人往外看去。

發出驚呼的竟是上次在女廁裡議論蛋糕事件的那個捲髮女生，讓我心中一涼。

「就是她！」她朝我和白羽歆的方向指來，「送蛋糕給戴河俊的七班女生！」

此話一出，現場一片譁然，目光的焦點瞬間聚集到我們身上。

我和白羽歆相視一眼，誰也沒開口。

「妳怎麼知道？」面對那女生的指證，班上一個男生問。

一股不祥的預感自心底油然而生。

「三班一個男生親口告訴我的！」她得意地抬起下巴，「就是他幫忙轉交蛋糕的，所以絕對不會錯。」

聽到她這麼說，我知道事態已無法挽回。

白羽歆望了望窗外的捲髮女生，壓低聲音問：「喂，紀語霏，那個女生剛剛指的是妳還是我？」

「我猜是……」

語句未落，教室外又是一陣騷動，連白羽歆也驚訝地看著窗外，我順著她的視線瞄去才發現，有位身穿運動服冷著面孔的高眺男生，直直地緊盯我。

對上他的眼神的剎那，我的心錯了一拍。

「戴、戴河俊……」白羽歆整個人像是暈過去似地跌坐在椅子上。

現在到底是什麼情況？

「紀語霏，外找。」站在門口的男生露出看好戲的表情，「三班的戴河俊找妳唷。」

說完，現場響起幾道口哨聲並鼓譟了起來。

看了眼圍觀人群和戴河俊，再睨向呆若木雞的白羽歆，我嘆了口氣站起身朝門口走去。

一踏出門外，戴河俊便拉起我的手，無視我的反抗，快步前行。

臨走前，他轉頭對所有人丟下一句：「誰也不准跟來。」

那冷冽的眼神，任誰也不敢向前踏出一步。

一路上戴河俊只是沉默地拉著我不斷疾走，本想試著掙脫，不過他依舊執著地緊握住我的手腕，我只得跟上他的腳步。

同樣的動作做來，張承勳的力道很輕、很溫柔，讓人捨不得甩開；戴河俊就不一樣了，那是一股不容掙脫的力道。明明兩人受歡迎的程度差不多，予人的感覺卻是南轅北轍。

最終他在操場邊的榕樹旁停下，雖然周圍沒什麼人，遠處教學大樓的窗戶旁倒是擠滿了等著看好戲的同學。

這令我感到一陣不自在。

回過頭，我與面前的冰山男對看，他渾身散發出一股生人勿近的氣息。

半晌，我提起勇氣向那座冰山提問：「戴河俊，你有什麼話想和我說嗎？」

他面無表情地說：「這句話應該是我想問的吧？七班的巧克力蛋糕小姐。」

「什麼巧克力蛋糕小姐！我有名字好嗎？別幫我亂取綽號。」

「妳叫什麼我根本不想知道。」戴河俊的神情頓時一冷，語氣更是毫無溫度，「今天找妳出來，只是想要討個道歉罷了。」

「道歉？道什麼歉？」我一臉疑惑。

儘管不明顯，可是他雙眉間又擰得更緊了，好像正努力壓抑著不悅。

「那塊蛋糕害我肚子痛了整整三天，這幾天連走路都有困難，嚴重影響到我的練習，妳難道不該道歉？」

瞧戴河俊認眞地列出那塊蛋糕的罪名，我忍不住笑出聲來。

虧我當初還在心中稱讚白羽歆這麼用心親手製作蛋糕，原來是塊有毒的蛋糕啊。

「笑什麼？」見我笑得如此開懷，戴河俊表情更加森冷了。

我試圖停止發笑，深吸了口氣解釋：「這塊蛋糕確實是我請人轉交給你的，不過我也是受人之託。我不知道這塊蛋糕有問題，也沒想到你眞的把它吃完了。」

「所以不是妳？」他瞇起眼睛，眼中滿是懷疑。

「眞的不是我。」我苦笑著搖頭，「我被人威脅若是無法把蛋糕交到你手上，我就死定了，才會想出直接放進你抽屜這個方法……但我以爲你會把它丟進廚餘桶就是了。」

「本來是有這個打算。」在確認兇手不是我後，戴河俊的神色恢復成他一貫的冷淡。

「那你怎麼會吃？」

他似乎猶豫著要不要回答，頓了一下才開口：「因爲太餓了，那天中午加練太忙，沒吃午餐，下課又被老師叫去辦公室——」

「然後回來就看到這塊蛋糕？」我笑著接話，他微微頷首，沒再說什麼。

趁著這次近距離接觸，我仔細端詳起戴河俊，以前只聽說他熱衷於跑步，沒怎麼留心過他的長相，沒想到他倒比想像中要帥上許多，甚至不遜於張承勳。

眞要說輸在哪裡，應該是笑容吧。

即使如此，戴河俊的冰山性格仍有一大票死忠支持者，無論是白羽歆，或是那群粉絲，不難從她們瘋狂的行徑中得知她們有多迷戀戴河俊。

「抱歉，我錯怪妳了。」他淡淡地說。

「沒關係，誤會解開就好。」我終於舒了一口氣，「我們還是快回教室吧，再不回去大家也不肯解散吧。」

我指了指聚集在教學大樓窗邊的人群，戴河俊在明白我的意思後便點了點頭。

我抬頭望向教學大樓，倏地一怔。

「怎麼了？」見我突然停下，戴河俊問。

「沒什麼，走吧。」我揮手示意他繼續走，自己也邁步跟上。

回去的途中，我忍不住又朝頂樓瞥了一眼。

方才我好像看見，有抹熟悉的人影倚著欄杆向下俯瞰著我和戴河俊。

回到教室後，班上同學都頂著一張張八卦的臉，滿懷期待地看著我。

面對大家好奇的目光，我只覺得頭疼，不想多做解釋。

而白羽歆審視我的眼神依然充滿懷疑，趁上課鐘響老師還沒到教室前，她迅速蹲在我旁邊悄聲問：「戴河俊跟妳說了什麼？是蛋糕的事嗎？」

我點點頭，想起那個有毒蛋糕不由得笑了起來。

這一笑，讓白羽歆更加憤怒了，「笑什麼？難道你們開始交往了？」

這話嚇得我差點心跳一停，連忙環顧四周。

「別胡說啊！妳是想害我被戴河俊的粉絲追殺嗎？」我壓低聲音，額頭因緊張而滲出汗水，「前陣子的傳言還沒擺平，再多出一個我就慘了。」

白羽歆眉頭一鬆，質問卻依然犀利，「不然妳剛剛在笑什麼？」

「這個嘛……」我猶疑著該不該告訴她眞相，要是不說，她大概會更懷疑吧。

「他的確是爲了蛋糕的事來找我，因爲那塊蛋糕害他連續拉了三天肚子，不但沒辦法跑步，連走路都成問題。」

白羽歆的臉色瞬間變得慘白一片。

雖然想笑，不過爲了維護她那高傲的自尊心，我還是乖乖閉上嘴比較安全。

看她依舊不語，我正想開口安撫幾句，這時數學老師滿頭大汗地走進教室，白羽歆步伐緩慢地走回座位，形容沮喪至極。

以白羽歆對戴河俊的狂熱，她不可能不自責，可是我沒想到這對她打擊有這麼大。

微微嘆了口氣，我慣性地朝旁邊的座位瞄去，才發現竟是空的。

即便不能完全肯定，我仍然認爲頂樓那道身影就是張承勳，在那短短的一剎那，他似乎與我四目相交了。

儘管努力專注在數學課本上，那幕畫面依然始終在我腦中揮之不去。

❤

放學鐘聲敲響，教室中談話聲四起，同學們皆露出解脫般的神情，我迅速整理桌面上的文具，把補習的講義塞進書包，準備去趕公車。

離開前又不由自主地瞥向右方依舊空蕩的座位。

此時學校正門前的廣場聚集了大批人潮，大都是趕著搭公車的學生。

排隊上車的隊伍正緩緩向前移動，眼看就要輪到我，我卻遲遲找不到悠遊卡，錢包中又只剩幾張紅色的鈔票。

轉頭望了眼後方長長的隊伍，更使我急得不知所措。

框啷——

這時，零錢箱傳來清脆的聲響，我抬起頭，發現戴河俊站在我面前。

我微微愣住，聽見他對司機說：「我幫她付。」

付完錢後，戴河俊轉身往車廂後方走去，我連忙拎著書包追上去。

他特意選了個靠窗的單人座，似乎是不希望有人打擾，不過我仍硬著頭皮走到他身旁。

「錢不用還沒關係，就當作是我誤會妳的補償。」他凝視窗外淡淡地說。

「……那件事已經無所謂了，還是要謝謝你，不然我又得重新排隊了。」我緊張地抓著書包背帶，「那你繼續看風景，我就不打擾了，我會換個地方站著。」

「妳就站在這裡吧，沒必要爲了我移位。」他面無表情地扭過頭看我。

頂著他直接的目光，我一時不知道該說些什麼，只好待在原地低頭盯著地板。

而公車車廂內也漸漸熱鬧了起來。

一路上，我們誰也沒開口，他依然望著窗外的風景，我則滑著手機，偶爾用眼角餘光觀察戴河俊。

氣氛雖然有些微妙，卻意外地不算尷尬。

♥

那天之後，張承勳消失了整整三天，連中午到頂樓吃飯也不見他的蹤影。

就算告訴自己別在意，但心中總有股難以形容的空虛感。

可能太習慣身邊有他了吧？

習慣他上課時的捉弄，習慣專屬於我們的午餐時光，習慣一起蹺課，習慣他彈吉他的認眞模樣，習慣那憂鬱卻令人著迷的歌聲。

習慣是很可怕的。

後來聽到班上同學議論，我才知道張承勳是因爲生病而無法來學校。

我不由得擔心起病情究竟多嚴重，才會讓平時生龍活虎的他需要在家靜養三天。

看著黑板上的日期，心又下沉了一些。

我從沒想過失去張承勳的陪伴，在學校裡的一天竟會變得如此漫長，且如此枯燥乏味。

待最後一堂課結束後，班上同學紛紛背起書包，結伴走出教室。

就在我收拾書包時，後方傳來一道略微耳熟，有點像是學藝的聲音：「雁筑，妳等等晚餐想吃什麼？」

轉頭一看，果眞是學藝，她旁邊站著一位五官清秀的女生，雖然沒和那個女生說過話，但是我知道她叫何雁筑。

「抱歉綵晴，今天我可能沒辦法和妳吃飯了。」何雁筑雙手合十，滿臉歉意。

「怎麼了嗎？」

「上禮拜補習班的作業還沒寫完，我怕來不及，想說買去補習班吃。」

「妳什麼時候開始補習的？我都不知道。」

「也沒多久啦，上次——」

不等何雁筑把話說完，我便拎起書包朝門口走去。

反正我也不可能加入她們的談話。

自助餐的好處就是可以挑自己想吃的菜，然而面對琳瑯滿目的菜色，卻讓人難以抉擇，我眞的很需要一個軍師啊！

當我拿著便當走出店外時，發現何雁筑就站在不遠處低頭滑手機。

也許是我的目光過於直接，她突地抬起頭看向我，隨即露出驚喜的表情。

我本想別開視線假裝沒事，不過她率先開口了：「紀語霏！妳認得我嗎？我是和妳同班的何雁筑。」

我只好接話，「知道，怎麼了？」

「妳也要去補習班嗎？我們一起走吧。」何雁筑晃了晃手中的晚餐，見我一臉疑惑，笑著解釋：「妳果然沒注意到，我們同間補習班啊，不過我上個月才報名，難怪妳沒印象。」

平時我在補習班總是習慣獨來獨往，從沒關注過有誰也在這裡補習。

「上禮拜的作業妳寫完了嗎？」等待電梯時，何雁筑問。

我搖頭，「還剩一半。」

「這樣好了，我們來合作，妳寫奇數題我寫偶數題，如何？」進到電梯之後，她興奮地提議。

「好。」我無可不可地答應了。

配著數學，這頓晚餐簡直令人難以消化，但至少我們及時完成了作業。

「話說回來，我好像都沒和妳認眞聊天過耶？」何雁筑忽然說。

「可能我比較懶得跟別人說話吧。」

「是嗎？可是妳很常跟張承動聊天啊，明明妳和他能相處得那麼開心，爲什麼和其他人就不能？」她歪著頭，語氣略帶狐疑。

這句話深深地擊中了我。

我緊盯著講義上的題目，不知該如何回應。

看我沒有回答，何雁筑也沒再追問下去，而是另開了新的話題，圍繞著學校裡的戀愛八卦打轉，我始終有點心不在焉，老是想著何雁筑剛剛那句話。

❤

走出補習班，跟何雁筑道別後，我獨自向公車站走去，有一股說不明白的微微窒息感積壓在胸前。

眼看公車站就要到了，倏地有道熟悉的身影映入眼簾。

這一刻，我的心跳頓時漏了幾拍。

「這幾天還好嗎？」張承勳勾起嘴角，聲音充滿笑意。

我怔怔地看著他，片刻後才出聲：「你身體好些了嗎？」

聽到我的問題，他嘴角的弧度又上揚了幾分，「這麼關心我？」

「笨蛋……你好幾天沒來上學，我都快擔心死了。」在確定他安然無恙後，我忽然有股想哭的衝動，「你到底是生了什麼病？」

「感冒而已。」他仍一派輕鬆，彷彿這四天的缺席不算什麼，「其實也沒多嚴重，大部分時間我都在家裡睡覺，啊！不過我今天有偷偷溜去Ocean彈吉他。」

我瞪向張承勳，朝他的額頭一彈，「不好好在家休息，跑去彈什麼吉他！要是病情惡化怎麼辦？你該不會還想再請四天假吧？」

「這提議眞不錯，這樣我就可以光明正大地蹺課啦！」他痞痞地笑。

「張承勳！」

「好啦，別氣，我現在不是好好的嗎？」他突然伸手摸我的頭，我頓時一僵，那樣親暱的溫暖使我捨不得推開他的手，「倒是妳，怎麼一臉愁容？」

想起何雁筑方才的話，我的語調不由得沉下，「……沒事啦。」

「說謊。」這次換他彈了我的額頭。

「好痛！」我吃痛地大喊了聲，一臉委屈，「我才想問你，病才剛好不快點回家休息，跑來這種地方做什麼？」

張承勳只是噙著微笑凝視著我，眼底帶著我無法讀清的情緒。

「幹、幹麼？笑什麼？」

「沒啊，想看看妳，不行嗎？」

我的臉瞬間一熱。

「那你現在看到了，滿意了吧？」我撇過頭，不想讓他看見我臉上的羞紅。

「我載妳回家吧。」他拉起我的手，往附近的停車場前進。

當我回過神時，他已經打開機車行李箱，拿出安全帽。

這一次，他沒有把安全帽遞給我，而是親手爲我戴上。

「張承……」

「妳放心，我會記得騎慢點。」他的語氣是如此溫柔，「還有……」

「還有？」

他欲言又止，好半晌才開口：「沒什麼，上車吧。」

我納悶地看著不願多說的張承勳，只能乖乖地跨上後座。

沿途上的風，不僅吹亂了我的頭髮，更吹亂了我的心。

自從上次合作無間地協力完成補習班作業後，雁筑開始會找我一起去補習，有時候綵晴也會加入我們，久而久之，我們三個成了不錯的朋友。

「我最討厭美術課了。」雁筑表情哀怨地將水彩筆重重一放，「同樣是水彩，爲什麼妳們可以畫得這麼漂亮，我卻連個水果都畫不好。」

我和綵晴同時朝雁筑的畫一看，接著對望一眼，忍不住笑了出來。

「幹麼？有什麼好笑的？」

「那是蘋果嗎？」我指著畫紙上的紅色圓狀物體，講出最有可能的答案。

「是番茄啦！」雁筑翻了個白眼，無奈地反駁。

我只能安慰雁筑，「其實妳畫畫不差啦，只是我們走寫實派，妳走抽象派，各有特色也沒什麼不好。」

聽到我這樣說，綵晴大笑出聲。

「難道我畫得不寫實嗎？」雁筑從椅子上跳起來，左右端詳起她自己的畫，最後以正經的口吻總結，「好啦，我承認我這顆番茄稍微怪了些，葉子也還沒仔細描繪，不怪妳認不出來了。」

我點點頭，沒有回話，怕再爭論下去會沒完沒了。

「妳畫了什麼？」聞聲回頭一看，就見張承勳站在旁邊盯著我的畫，「這是柴犬吧？妳喜歡狗？」

我又在畫紙上補了幾筆，「對啊，我最喜歡柴犬跟柯基了！可惜家裡不能養寵物，我媽說如果我眞的想養，等以後外宿時再說。」

「外宿？那至少要等到上大學啊。」張承勳微微挑眉，「我也喜歡柴犬……但妳媽說的也有道理，我們現在就算喜歡也沒有時間照顧，還是等到以後有能力再養吧，屆時我再借妳抱一抱我養的柴犬。」

「不用。」我得意一笑，對他扮一個鬼臉，「我自己養就好。」

張承勳突然提議：「這樣好了，我養公的，妳養母的，牠們還能生一堆寶寶！據說如果兩隻不同顏色的柴犬進行交配，有機會生出其他顏色的柴犬寶寶。」

「眞的假的？」

「對啊，我之前看過一則新聞，棕色與黑色的柴犬交配之後，竟生下毛色分別為棕色、黑色及白色的小狗，很神奇吧！」張承勳煞有介事地說。

「如果到時候生下的柴犬寶寶太多，也可以分我一隻唷。」雁筑興奮地插話，「我家有養狗！是隻白色的拉不拉多。」

「拉不拉多也不錯啊！我也很喜歡。」想起狗狗可愛的模樣，我眼睛一亮。

「不然段考結束後，你們一起來我家玩吧！」雁筑轉過頭問綵晴，「綵晴妳會怕狗嗎？」

「我不怕啊，下次一起去玩。」綵晴答道。

「就這麼說定了！」雁筑大聲歡呼，興致勃勃地開始和我們討論起那天的計畫。

美術課結束後，我拿起畫具朝門外走去。

扭開水龍頭，我用水彩筆輕刷調色盤，上面的顏料瞬間將水槽染得五顏六色，那些顏色漸漸混合又隨著清水流入排水孔。

而我的思緒，也不由得逐漸飄遠。

自從認識張承勳後，我的世界開始有了更多色彩，他率先畫下第一筆，接著是雁筑跟綵晴，因爲有他們的陪伴，原先單調無趣的生活逐漸起了變化。

「水該關了吧？」一道低沉的嗓音在這時落入耳裡，一隻大手隨即跟著伸出，關緊了水龍頭。

「戴、戴河俊？你怎麼在這裡？」我有些訝異他的出現。

「美術課。」他甩了甩已經洗好的水彩筆，淡淡地回：「就在你們班對面。」

「這麼巧，原來我們兩班的時段一樣。」

他點點頭後，旋即轉身離開。

看著戴河俊的背影，我不免想起關於他的種種傳言。

雖然很多人都說他冷酷無情，然而想起上次他在公車上幫我投錢，以及之後幾次的對談，就不覺得他如同傳聞中冷淡，或許他只是不懂得怎麼與他人相處罷了。

甩乾水彩筆，我拿起畫具走回教室，一進門就看到張承勳又趴在桌上睡著了。

此刻的我，完全沒料想到，這兩個男孩會在不遠的未來，宛如恆星般照亮我的世界。

Chapter 2

窗外蟬鳴不斷。

時節終於進入夏季，即使偶爾有雷陣雨的降臨，也無法阻止那不停攀升的高溫。

我無精打采地趴在桌上望向教室上方緩慢轉動的風扇，和從來都只是裝飾用的冷氣。

「妳一副快昏倒的樣子。」張承勳話中滿是揶揄。

「真的，這間教室簡直快變成烤箱了……七月快到了，是不是該請總務快點去報修啊？」我用力揮著剛發下來的物理考卷，試圖搧出點風來。

「既然如此，要不要和我去Ocean？」張承勳眨了眨眼。

想起Ocean的冷氣，我頓時心動，下一秒又無力地趴回了桌上，「Ocean是很棒啦，可去之前還得翻牆，再說你的車現在絕對被太陽曬得跟燒紅的鐵板一樣……比起室外，教室至少勉強算是天堂。」

「妳是怕變成烤乳豬嗎？」

「什麼烤乳豬？你才是豬！」我忿忿地反駁，心浮氣躁之下又覺得更熱了，「現在太熱了，第六節課再去如何？」

仔細想想，前陣子都在準備考試，每天放學只能和雁筑在補習班埋首苦讀，已經有好幾天沒聽張承勳彈吉他了，想到這裡我忍不住看向他。

爲什麼這個人總是漫不經心地對待學業，卻仍然能輕鬆名列第一啊！眞不公平。

「幹麼這樣盯著我？」對上我忌妒的視線，他滿臉困惑。

「討厭你啊……爲什麼那個聰明的腦袋會長在你身上呢？」

「妳是不想去了嗎？」他勾起一個促狹的笑。

聞言，我連忙道歉，「不是不是，剛剛說的不算！而且，我是嫉妒你的智商高欸！代表你天資聰穎，有什麼不好？」

「好像有道理。」他點頭認同，接著又故作嚴肅，「可是剛才好像有人說我很討厭，我覺得她應該不想給討厭的人載吧？還是別委屈她好了。」

這傢伙……

忍住想揍他的衝動，我繼續賠不是：「沒有，你眞的聽錯了。」

張承勳的嘴角明顯地上揚了許多，「求我啊，我就載妳去。」

「張承勳！」我氣得差點把桌上的便當朝他砸去，這聲大喊也引來旁人的側目，我尷尬地低下頭，想在地上找個洞鑽進去。

「笨蛋。」他抬手揉我的頭髮，「好啦，別氣了，再這樣下去，妳還沒被熱死就會先氣死。」

「你也知道。」我不滿地嘟囔。

張承勳笑了笑，趴在桌上，拿起外套往自己的頭頂蓋去，「先睡一下，晚點記得叫我。」

見他迅速入睡，我不敢再出聲打擾他，只好打開便當準備用餐，可是實在沒什麼食慾，吃沒幾口又蓋上便當盒，走出教室。

「眞慢。」剛到廁所轉角，就看見白羽歆與幾個不認識的女生擋在我面前，眼神不善。

「找我有事嗎？」

「我對妳和張承動怎麼樣沒什麼意見，妳也知道我喜歡的是戴河俊。」白羽歆聳聳肩，目光朝旁邊一掃，「不過有些人認爲妳該好好解釋一下。」

我淡淡地說：「我沒什麼好解釋的。」

「紀語霏，妳別自作多情了！」其中一個女生站出來，抬起下巴凶惡地瞪我，「張承動只是同情妳罷了，他不過對妳親切點，妳就不要臉地纏上人家。」

「我沒有纏著他。」

「妳還狡辯！妳整天巴著他不放，不是纏是什麼?別再濫用張承動的善意，我們都看不下去了。」

「那妳可以不要看。」我冷下臉，「隨便妳們怎麼想，反正我也不是第一次被誤會，但少用妳們狹隘的心胸去評斷張承動。」

「妳——」那女生氣得高舉起手，大力地向我的臉揮來。

我還來不及閃避，一道熟悉的身影倏地擋在我身前，張承動爲何會出現在這裡？

我緊張地想確認張承動有沒有被傷到，才發現那女生的手竟被不知從哪兒冒出來的戴河俊一把抓住，僵在半空中沒有揮出。

戴河俊一鬆開那女生的手後，那些女生立刻嚇得落荒而逃，只剩白羽歆呆立在原地。

戴河俊瞥了我一眼，便將視線移向白羽歆，什麼話也沒說就逕自離開。

「張、張承勳？你怎麼在這裡？」直到現在我的腦袋依然一片空白。

「我就覺得奇怪，以前我提議去Ocean，妳如果不想去就會直接拒絕，剛剛妳卻猶豫不決，還故意迴避與我對視。」

聽他這麼說，我再次愣住。

原以為只要稍加掩飾，便可以將我的不安隱藏得很好，沒想到所有的細節仍被他看在眼裡。

張承勳的心思究竟有多細膩？又或是他對我有多關注？

「多久了？」他的聲音比往常低了幾分，「她們這樣對妳多久了？」

「是第一次，我以前也沒看過那些女生。」

「真的？」

「嗯。」我用力地點頭，不想讓他擔心。

他確認我沒說謊後，才肯罷休。

「話說回來，戴河俊為什麼會出現在這裡？」我轉頭看向走廊，然而戴河俊早已走遠。

「我也不清楚，或許是剛好路過？」張承勳也是滿臉疑惑，「怎麼，妳認識他？」

我有些猶疑地答：「應該……算認識吧，之前蛋糕事件的誤會解開後，偶爾遇到會打個招呼。」

「蛋糕事件？」張承勳突然鎖緊了眉，思考幾秒後，用認真的口吻問，「原來送蛋糕給他的是妳，難道妳喜歡戴河俊？」

「才不是這樣，是白羽歆硬要我幫她送蛋糕給戴河俊的，在那之前我連他長怎樣都不知道。」我無奈又好笑地低聲解釋，張承勳的眉頭才緩緩舒展開來。

「不過這樣看來……」他沉默半晌後說：「也許戴河俊的出現並非偶然。」

「什麼意思？」這次換我不解地皺起眉頭，「你是指戴河俊是特地來找我的？」

「可能是其他原因也說不定。」張承勳看向我身後的白羽歆。

我也跟著轉頭睨了眼臉色煞白的白羽歆，細思著張承勳方才那番話，我仍得不出任何結論。

「別愁眉苦臉了。」張承勳輕摸我的頭，拉起我的手離開那個轉角，「既然事情處理完了，現在就去Ocean如何？」

我忍不住彎起嘴角，語調輕快：「當然好啊！不過我要澄清，我剛才是眞的覺得天氣太熱，想到還要翻牆很麻煩，才會拒絕你。」

「烤乳豬。」張承勳大聲地說完之後，放開我的手跑了起來。

「你才豬！」我在後面追他，憤怒地大聲回罵。

凝視他奔跑的背影，腦中忽然浮現剛剛那些女生的話語。

或許張承勳最初是出於同情才接近我，可那又如何？

想起方才他擋在我身前的動作，和認眞的神情，我相信現在的他，絕不是抱持那種態度對待我。

然而現在的我卻貪婪地奢望著，我和他能不僅僅是朋友。

如果我能在張承勳心裡有那麼點不一樣，那該有多好。

♥

推開Ocean的大門，在吧檯調飲料的大叔看到張承勳後，立刻指向角落，「Rain，有個朋友想見你。」

朝大叔指尖的方向望去，就見一位陌生的少年背對我們而坐。

張承勳在看到他後，愣了幾秒，接著朝那男生邁開步伐。

「他來多久了？」經過吧檯時，張承勳停下腳步，輕聲問大叔。

「大概兩、三個小時了吧……我告訴他，你最近過來的時間不是很固定，不過他堅持無論多久都要等到你。」

聽到大叔的話，我不免被勾起好奇心。

張承勳和那個男孩應該是交情不淺的朋友，但兩人之間的互動似乎有點怪異。而且若是那個男孩眞要找張承勳，爲何不打電話給他，非要在Ocean等他？

「好久不見，允熙。」張承勳走到男孩旁邊坐下。

「好久不見，最近過得怎麼樣？」男孩扭頭看他。

「還行，學校老師有點煩就是了。」

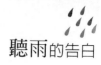

「你還是沒變。」那個叫允熙的男孩笑了笑，拍了下張承動的肩膀。

我站在吧檯邊，看著不遠處有說有笑的兩人，悄悄鬆了口氣。

剛才的氣氛有些尷尬，我還以爲他們之間有什麼矛盾，深怕會起衝突，想來是我多慮了。

我低聲問大叔：「……那個允熙，你認識嗎？」

「認識啊，還很熟呢！他是Rain的朋友，以前他們常一起來換餐。」大叔喝了口水，繼續說：「從Rain開始在這裡表演時，他便常拉著允熙一起來，後來允熙也對吉他起了興趣，Rain就成了允熙的老師。」

「那張承動的吉他又是誰教的？」我不禁有些好奇。

「那小子很有天份，大部分是自學的。」大叔臉上浮現讚賞之色，「不過他能有今天的成績，確實得感謝一位女生。」

「女生？」

「是啊，是她教會了Rain許多彈奏技巧，兩人也經常互相切磋磨練。」

我深吸了口氣，試圖讓自己冷靜下來，但心不自主地陷入慌亂。

經過這段日子的相處，我自然明白在張承動心中，吉他有多重要。

我從未想過，在他過往學習的吉他的美好時光裡，竟然有個女孩占據其中，那麼在張承動心中，那個女孩的地位是不是也如吉他一樣重要呢？

我不自覺握緊拳頭，不安地問：「……那個女生今天也會來Ocean嗎？」

「不曉得。」大叔嘆了口氣，「說也奇怪，自從三年前的暑假後，我就沒見過她了，或許是吵架吧，後來允熙漸漸也不來了，而Rain則消失了好一陣子才又出現。」

「今天允熙說要在這等Rain，我還以為那女孩會和Rain一起來，沒想到跟Rain來的人是妳。究竟是多嚴重的事情……才讓他們三個到現在還無法釋懷啊。」大叔感慨地說完後，隨手調了杯飲料給我。

接過飲料啜飲一口，我不由得將視線移向角落的兩人。

原來在張承勳的回憶裡，有個我不知道卻如此重要的女孩。

「妳喜歡那小子？」大叔突然一臉八卦地笑了起來。

像是祕密被拆穿似的，我趕緊搖頭否認，試著掩蓋雙頰揮散不去的羞紅，「才、才沒有，誰喜歡他啊……」

大叔瞧我滿臉通紅，笑意更深了，沒再追問下去。

就在此時，張承勳和那個男孩忽然站起身，朝我們走來。

「臉怎麼紅成這樣？」張承勳疑惑地審視著我的臉龐。

「因為天氣太熱了啦。」我連忙揮手假裝在搧風。

見張承勳不信，我只好拿起面前的飲料一飲而盡，並把空杯往吧檯一推，「大叔，再一杯！」

「眞有這麼熱嗎？每次都是妳嚷著冷氣太冷，還要大叔調高溫度，今天怎麼會熱成這樣？」對於我的反常，張承勳顯得不解。

我心虛地低下頭，微微結巴著，「誰、誰知道？今天就特別熱啊。」

張承勳沉默地注視我，四周一片安靜，我似乎能聽見自己飛快的心跳。半晌，我的額上傳來一陣溫暖，我反射性地抬頭，發現張承勳把手貼在我的額上，似是若有所思，隨即眉頭一蹙。

「可能是中暑了。」他脫下身上的外套替我穿上，轉頭對大叔說：「語霏的飲料給我喝就好，然後麻煩給她一杯溫水。」

大叔點點頭，面上的笑容始終沒褪去。

聽到張承勳的話，我頓時舒了口氣，好險沒被拆穿……而且要是再來一杯飲料我也喝不下了，水的話應該喝個幾口就行了吧？

正當我這麼想時，張承勳將杯子放在我面前，口氣意外強硬地對我說：「現在的妳需要補充水分，把這杯水喝完，慢慢喝不要太急。」

「全部喝完？」我彷彿聽見胃在向我求救的聲音。

「對，全部喝完。」

「對了，還沒跟妳介紹。」張承勳語氣一轉，開心地將他身後的人推到我面前，「這位是何允熙，我的國中同學，以前常和我一起來這裡彈吉他換餐，說起來他算是我的徒弟呢。」

我怯怯地向那個男生打招呼，「嗨。」

他沒有開口，只是用不含敵意卻令人難以理解的目光仔細端詳著我，讓我感到一陣不自在。

良久，他才漾起笑容，「嗨，初次見面，我是何允熙。」

角。

「我、我是紀語霏。」雖然不知道他為何要用那種眼神審視我，我還是禮貌性地勾起嘴

「妳是怎麼發現這間餐廳的？難道妳是阿勳的粉絲？」何允熙看了看張承勳，再望向我。

「誰要當他的粉絲。」我噗哧一笑，惹來了張承勳一記彈額，「假如不是張承勳帶我來，我根本不知道有這間餐廳，也不知道原來他會彈吉他。」

「他帶妳來的？」何允熙的眼眸中閃過一絲震驚，但立刻恢復原樣，「阿勳的表演很精采吧，尤其是他彈吉他時的神情，就像會把人的魂勾走似的。」

「你也說得太誇張了吧？」張承勳語帶無奈地反駁。

「哪裡誇張了，不然為什麼會有這麼多女生特地來Ocean看你表演？」何允熙瞇起眼睛，臉上的笑意更深了，「如果不夠吸引人，又怎麼有機會認識高手，拜師學藝呢？」

他是在說那個女生嗎？

我瞥了一眼張承勳，只見他的表情略微僵硬，而何允熙依舊凝視著他。

儘管我不了解何允熙這番話的用意，然而從他的眼神中，我好像明白了，那女生對何允熙而言，絕對是很重要的存在。

他們之間的氛圍會如此詭異，關鍵或許就是出在她身上。

「時間不早了，我們改天再約吧。」見張承勳仍沉默著，何允熙拍拍他的肩，側身在張承勳的耳邊悄聲說了些話，最後朝我揮揮手，「下次見，語霏。」

「嗯，下次見。」我回以微笑。

張承勳的神情變得有些不同，雖然不是很明顯，不過我總覺得有點不對勁。

又過了一會兒，他才回過神來開始收拾東西。

「要走了？」我問。

「嗯，下午和阿成他們約了打球，所以不能太晚回去。」他的眼神游移不定，而且不願與我相視。

我知道他在說謊，可不打算戳破，只是點點頭並向大叔道別。

踏出門外，遠方響起了陣陣雷聲，悶熱潮濕的空氣使我心中泛起不好的預感。

這時幾滴雨忽然落在我的頰上，磚紅色的行人道被突如其來的傾盆大雨快速染深。

我們快步躲進最近的屋簷下，我焦急地拉開包包，卻不見雨傘的蹤影。

這下可好了，想買雨衣也得到馬路對面的超商才行。

「我沒帶傘，怎麼辦？」我無奈地望向這場大雨，「你機車的行李箱裡好像只有放一件雨衣吧？還是等雨變小點後，我跑去對面的超商買好了。」

我探頭看了看，雨勢短時間內似乎不太可能轉小，不如現在跑去買好了。

我正想跨出去，但被張承勳一把拉回屋簷下，「不用了，我們坐公車吧，下雨天騎車太危險了，要是出事怎麼辦？」

「沒關係啦，我相信你是安全駕駛啊。」我語帶笑意，對他笑了笑，「再說你向來都是騎車上學，把車留在這裡也很麻煩吧。」

「不用擔心，我坐公車回家也很方便。」他勾起嘴角，「我明天再來牽車就好。」

「可是……」我還想再多說什麼，卻被他打斷。

「聽話。」張承勳先是伸手輕柔地揉我的頭髮，接著輕撫我的臉頰。

這一刻，世界彷彿只剩下我們，我不敢出聲，只想沉溺於他的溫柔之中。

被他碰過的每一處肌膚都在發燙，熱得我頭暈目眩。

許久，他放下手轉身，「妳在這裡等我，我去超商買把傘。」

「等雨小一點吧？」我抓住他的手，張承勳回頭看向我，我緊張地縮回手，「你這樣淋雨跑過去，我怕到時候你又會重感冒。」

……然後你又會請假在家休息好幾天，而我只能孤獨地在學校裡等你回來。

我將這句話忍在心底，沒有說出口。

「沒事的。」他笑著拍拍我的頭，「就算發燒，我也會去學校，就算病到無法上課，我也會想辦法去找妳，不要擔心。」

「重要的是你的身——」不等我把話說完，他便轉身衝入大雨之中。

傻瓜一個，我不禁在心底罵。

凝視著張承勳的背影，我想起何允熙當時附在張承勳耳邊說的話，儘管他有放低了話音，我仍隱約聽見了。

「你要喜歡誰我沒資格干涉你，我也不想管，但別辜負展嫣就好。」

展嫣。這個名字，重重地在我心上一擊。
展嫣應該就是那個教張承勳彈吉他的女孩吧。
難道……張承勳和展嫣在交往嗎？
我不敢再深思下去，只怕最後得到的答案，會令我難以承受。
想起張承勳方才的舉動，和衝進大雨的背影，我突然有點想哭。
他的溫柔、他的好，竟使我如此眷戀，卻又覺得心痛。

♥

從那天之後，張承勳刻意與我疏遠了起來。
他上課不是睡覺，就是不見蹤影，也不再和我打鬧，甚至連例行的午餐聚會，都以這陣子太熱沒食慾為理由推辭。
雖然誰都沒提，我大概能猜到他疏遠我的原因，應該與何允熙的那席話有關，不過我也沒資格勉強他改變態度。
一想到那個讓他產生如此巨大變化的緣由，我的心便不自覺一緊。
那個名喚為展嫣的女孩，對張承勳的影響究竟有多深呢……想到這裡，就連最喜歡的小香腸我也食之無味。
「怎麼啦？妳這幾天眉頭都皺得好緊。」雁筑先是疑惑地問，又忍不住打趣道：「妳再不吃，小心我把妳的便當吃光光喔。」

面對雁筑的威脅，我只是無力地夾起幾根香腸放進她的便當盒裡，「都給妳，想吃就多吃點吧。」

「妳不是紀語霏！」雁筑瞪大了眼睛，驚呼出聲：「之前我偷咬一口妳的香腸，妳都像世界末日一樣，現在卻把全部都讓給我？紀語霏，妳到底怎麼了？」

「考試考砸了，回家被罵了一頓。」我漫不經心地敷衍。

「眞的假的？可前幾個禮拜，我看妳在補習班讀得挺認——」

「是因爲張承勳吧？」綵晴開口打斷雁筑。

我詫異地抬頭看向綵晴，爲什麼她能猜到與張承勳有關？

「我們當然有發現妳這幾天總是心神不寧。」綵晴的神色帶著擔憂，「我能理解妳可能有不能說的苦衷，但我和雁筑都眞心把妳當朋友，所以我不希望妳在我們面前總是強顏歡笑。」

我沒有移開視線，就這麼和綵晴對望。

倒是旁邊的雁筑比我和綵晴還緊張，連忙插話想要緩和氣氛，「妳們別這麼嚴肅好不好？」

綵晴的面色又沉了幾分，「如果不把話說開，語霏永遠不會懂我們的心情。」

我低下頭，不知該如何回應。

「當妳難過的時候，爲什麼不想想我們都在妳身邊？」綵晴的聲音因過於激動而微微顫抖，「其實我最生氣的是，爲什麼妳不試著說出來？即使沒辦法解決，至少我們可以和妳一起商量，難道我們這麼不值得妳信任……」

說完，她別過頭，拿起便當，無視雁筑的挽留，起身回座。

雁筑焦急地輪流看向我與綵晴，「語霏……跟綵晴好好談談吧，她會這麼生氣，也是因爲太擔心妳，這幾天她都在和我討論該怎麼做才能讓妳心情變好。」

我斂下眼，淡淡地說：「我知道她不是故意要生氣的。」

「妳知道？」雁筑鬆了口氣，朝我重展笑顏，「太好了，那妳快去找綵晴和好吧，瞧妳們氣氛僵成這樣，我都快嚇死了。」

我無奈地苦笑，「雁筑，現在還不是時候。」

「爲什麼？」她的語氣滿是不解。

「因爲綵晴不是想要我敷衍了事的道歉，她是希望我能明白妳們的心意，並想清楚我該怎麼做。」對上雁筑困惑的雙眸，我耐心地解釋。

雁筑難過地低下頭。

「妳去陪陪綵晴好嗎？」我輕覆上她的手，勉強地扯起笑容。

「……嗯。」她表情複雜地看著我，正要離開，卻又回過頭，「語霏，綵晴就算生氣也不是因爲討厭妳，所以妳一定要想辦法跟她和好，好嗎？」

聽到雁筑的話，我不禁笑了，「好，我答應妳。」

臨走前她依然不放心地瞥了我一眼，才轉身朝綵晴的座位走去。

事情會演變成這種局面，都是我造成的。

其實我沒有資格接受任何人的安慰。

好不容易捱到放學，我緩慢地收拾著書包。

剛才張承勳向我道完再見便離開了，雁筑則趁今天不用補習，打算帶綵晴去市區散散心。

雖然有點難過，但我也不希望綵晴因爲我的事情一直悶悶不樂，若雁筑的陪件能讓綵晴心情好轉就好了。

反正我也不是沒嘗過孤獨的滋味，不過是回到從前的狀態罷了。

環顧四周，整間教室空蕩蕩的，只有零星幾個書包留在座位上。

夕陽餘暉斜照進教室，我不自覺瞇起眼睛，走到窗戶旁，正準備拉起窗簾，忽地瞥見跑道上有一抹熟悉的身影。

怔了一下，我背起書包，走出教室。

❤

操場遠比想像中還要熱鬧許多。

那些總是獨來獨往的日子似乎已經離我很遙遠，在習慣有張承勳和雁筑她們的陪伴後，現在的我一落單，竟覺得有些難以忍受。

沒走多遠，我就看見那個人站在樹下用毛巾擦汗，拿起腳邊的保溫瓶想要喝水，不過瓶子裡好像沒水了。

「不嫌棄的話，我的水給你喝吧？」我從書包內找出水瓶，遞給對方。

「是妳？」戴河俊眼底閃過一絲驚訝，接過我的水瓶，「謝了，操場離教學大樓有段距離，要去裝水的確不太方便。」

「不然我幫你吧？反正我現在很閒。」

「不用，練完這趟我再去就行了。」喝了幾口水後，他將水瓶還給我，「話說回來，妳怎麼會在這裡？」

「我一個人無聊，想說來操場走走。」

「妳朋友呢？」

我勉強擠出笑容，「她們去市區逛街，我就沒跟去了，本來想留下來寫作業，沒想到剛好發現你也還沒回家。」

「我每天放學都會留下來練習。」他先是覷了眼紅色的跑道，隨即與我對上視線，我的身體忍不住微微一僵。

過了一會兒，他問：「妳還好嗎？」

「什麼？」

「我說不上來，可是感覺妳心情不好。」

我一時無言以對。

戴河俊靜靜地注視著我，好像在等著我的回答。

我則拿起他腳邊的空水瓶，不等他開口，便朝教學大樓奔去，一路上盡想著他剛剛的話。

「妳還好嗎？」

爲什麼他會這麼問？難道我的表情有這麼明顯？

按下溫水鍵，我透過飲水機表面的反射觀察自己，映入眼裡的是張模糊的臉，連輪廓都看不清楚。

究竟是我表現得太明顯，還是他觀察太入微？

我輕拍了下臉，告訴自己別再多想，拿起水瓶走回樹下，卻見戴河俊已經開始繼續練習了。

我找了塊乾淨的地上坐下，目光隨著那抹快速奔馳的身影移動。

我好像稍微明白，爲什麼會有那麼多女生喜歡戴河俊了。

特別是起跑的瞬間，他緊盯前方終點線的專注眼神，或許就是使他的粉絲們爲之傾倒的原因。

他的神情，使我不由得想起張承勳。

用同樣認眞的表情彈奏吉他的張承勳。

「幫我個忙。」

回過神，我才注意到戴河俊站在面前，遞給我一個碼錶和哨子。

「今天教練剛好有事不在，想拜託妳幫我計時，行嗎？」他說。

我愣了幾秒，接過碼錶，「喔，好啊。」

「還有水，謝了。」他舉起裝滿水的水瓶，喝了幾口。

「沒什麼啦，舉手之勞，就和你說我很閒啊。」我撇開視線，聲音有些心虛。

見他沒有追問的打算，我鬆了口氣。

我跟著戴河俊走到跑道旁，把哨子掛在脖子上，然後舉起碼錶。

戴河俊望了我一眼，我點點頭，並對他勾起嘴角。

一聲哨音響起，戴河俊迅速向前奔去，一眨眼，他已抵達跑道的中段。

注視著戴河俊愈來愈遠的背影，我不禁漾起笑容。

他的存在宛如一陣風，自由自在的風。

「十秒點九。」我將碼表上的數字亮給戴河俊看，「和前幾次比起來有進步欸，是說這秒數未免太驚人了吧？你是要參加奧運嗎？」

戴河俊盯著碼錶好一會兒，才嚴肅地說：「別開玩笑了，眞要代表國家出賽，得先破目前代表選手的最高紀錄十秒點二二，不過今天的成績確實比前陣子要好些。」

不愧是跑步狂，一提起這個話題，他的話明顯變多了。

我挺起胸膛得意地笑，「是因爲我在吧？我可是幸運星。」

戴河俊沒有回答，而是輕笑了聲。

沒想到這座大冰山居然也會笑，幸好白羽歆沒見到這一幕，不然我大概又會被抓去審問。

想到這裡，我憶起上次戴河俊出手相救的畫面，爲什麼當時他會在那裡？

「戴河俊，我有事想問你。」

「什麼事？」他的態度十分自然。

「爲什麼上次我被白羽歆找出去談話，你會忽然出現在那裡？」我仔細觀察戴河俊的表情，「她是故意約我去那種偏僻的地方見面，你可別和我說你是恰好路過，我不會信的。」

戴河俊表情鎭定，似乎早有預料到我會問起這件事。

沉默半晌，他緩緩開口：「湊巧而已。」

「湊巧？」

「其實我和白羽歆是國中同班同學，從初識開始她就不斷向我示好，但我只想好好跑步，對談戀愛沒與趣。」戴河俊有些無奈地解釋，「先前我就曾耳聞，從國中到現在，白羽歆一直都會找和我告白的女生麻煩，可是我也不認識那些人，就只能隨她去了。」

「前幾天，我正好聽到白羽歆和那群女生在商量要怎麼對付妳，所以那天我才會出現。」

「那你爲什麼要幫我？」他的話讓我更困惑了。

「畢竟我認識妳，雖然沒有很熟，不過也無法在知道她們要陷害妳後，還視而不見。」戴河俊話聲平淡。

「原來是這樣……」我之前的疑問終於水落石出了。

戴河俊突然朝我伸出手，「水。」

我趕緊將水瓶遞給他，「抱歉抱歉，我還在想剛剛的事，一時忘了要給你水喝。」

「沒怪妳，不用緊張。」他接過水瓶。

一陣帶點涼意的晚風迎面吹來，戴河俊不由自主地顫抖了下。

我連忙脫下身上的外套，遞給他：「拿去吧，流汗了就要趕緊擦乾，而且還是隨身帶著一件外套比較好，如果天氣忽然變涼不小心染上感冒怎麼辦？」

戴河俊沒有接話，而是凝視著我手中的外套若有所思，最後他輕輕推開我的手，「妳繼續穿著吧，就算是夏天，晚風還是有點涼，妳別把外套讓給我，到時候自己卻感冒了，而且我身上全是汗，會弄髒妳的外套。」

「我又不介意，你洗過之後再還我就好啦。」我又把外套推向他，不過戴河俊依然拒絕，來回幾次後我也不堅持了。

「對了。」戴河俊的眼神略帶猶疑，「妳單獨跟我在這裡，不怕張承動誤會嗎？」

「張承動？你跟他很熟？」我微微皺眉。

「不熟，但還算認識。」

想到張承動這幾天對我的疏離，以及何允熙說的那番話，一股濃濃的酸楚從心底湧現。

「我和張承動只是朋友，何況我跟你之間也沒什麼，有什麼好誤會的？」那突如其來的委屈感，使我的聲音隱含一絲怒氣。

「我從沒聽說，他和哪個女生走這麼近。」戴河俊的聲音很輕，卻字字敲進我心中，「入學以來，妳是第一個。」

我也曾以爲自己是特別的……可是，我誤會了，戴河俊也誤會了，大家都誤會了。

「那是因為你們不了解張承勳，或許他早在國中時就有很要好的女生朋友啊！」我無法控制地大聲反駁。

見我情緒有些失控，戴河俊先是露出震驚的表情，隨即眞誠地說：「抱歉。」

「為什麼要道歉？」我有些措手不及。

「我提了不該提的事，自然要道歉。」

看到如此誠懇的他，我的怒意頓時消失，取而代之的是濃濃地懊悔。

「這不是你的錯，你這樣反而會讓我很愧疚。」

這幾天我因為張承勳，情緒一直起伏不定，更因此和綵晴鬧翻，胸中的鬱悶遲遲找不到宣洩的出口，而戴河俊方才的話不小心點燃了引火線，使我徹底爆發。

「是我不好，不該遷怒你。」我緊揪衣角，不安地致歉。

頓了一會兒，我問他：「戴河俊，你有朋友嗎？」

他似乎沒料到我會如此天外飛來一筆，想了想後才開口：「……算有吧。」

「如果有煩惱，你會跟他們說嗎？」

他沒有回答，只是沉默地等我說下去。

「我啊，在認識現在這幾個朋友前，一直都習慣把所有的煩惱藏在心底。我不希望因為自己心情不好，而讓她們和我一起煩惱，所以在她們面前，我都盡量假裝沒煩惱。」我緊盯地面，暫時不想看他，「有個朋友卻因此和我鬧翻了，她覺得我之所以不對她們傾訴心事，是因為不夠信任她們……其實我只是害怕，怕她們會感到困擾，甚至厭煩。」

「妳有很好的朋友。」

「我知道，可是我現在不知道該怎麼做，我怕即使向她說出眞正的理由，她也會認爲我是在爲自己辯解……」

「不會的。」戴河俊沉穩的嗓音似乎帶著穩定人心的魔力，「從妳的話裡聽起來，那個朋友很關心妳，只要妳願意對她敞開心房，她不會不相信妳的。」

「……眞的？」

「試試看吧，把妳眞正的想法告訴她。」

我點點頭。

戴河俊走向樹下，收拾完東西後拎起書包。

「你要走了？」我問。

「嗯。」

「你要去市區嗎？」

「會經過。」

「那我和你一起走吧。」我也趕緊背起書包，跟上戴河俊的腳步，「對了，剛剛眞的很謝謝你。」

他揮了揮手，示意那沒什麼。

盯著磚紅色的跑道，我突地伸手拉住戴河俊的書包背帶，他滿臉疑惑地轉過頭。

「戴河俊，反正我平常也挺閒的，之後我沒去補習班的時候就來看你跑步怎麼樣？順便幫你記跑步成績。」

「不用了，我有教練幫忙。」他轉過頭，繼續向前邁出步伐。

我追上戴河俊，不死心地提議：「既然教練會替你記成績，那我就當跑腿的如何？幫你裝水、換毛巾，不錯吧？」

他停下腳步，頭也沒回地問：「爲什麼？」

「因爲你幫了我大忙啊，或許你認爲這沒什麼，但如果不是你，我也不能這麼快解開心結。」停頓了一會，我又開口：「再說我還不小心遷怒你，雖然你不介意，我還是覺得應該要好好補償你。」

聽完我的解釋，他扭頭瞥了我一眼，隨即往前走，正當我以爲他又要拒絕時，戴河俊卻說：「隨便妳。」

我不禁重展笑顏，抓緊書包跟在他的身後。

後來我重新回想，戴河俊大概是在此刻進入我生命中的。

❤

這幾天，我和綵晴之間的氣氛不再如此尷尬，她也不會處處避著我了。

雁筑終於不用夾在我們兩個中間左右爲難，這段時間，她一直怕我會太孤獨，可是又不能放綵晴一個人，只能不停傳訊息或趁補習的時候鼓勵我。

有了她的關心，我的心情也不再那麼苦悶了。

戴河俊說得沒錯，我有很好的朋友。

「妳還沒和妳那個朋友講開？」練習中間的空檔，戴河俊走到跑道旁問我。

儘管他表情不變，我仍從他眼中看出了一絲疑惑。

「還沒，我想找個好的時機再說。」望向跑道，我輕輕嘆了一口氣，「不過這幾天，她開始肯跟我打招呼了，也不排斥一起吃飯，算是有好轉的跡象。」

「不錯啊，恭喜妳。」

從那天起，在不用補習的放學時間，我都會到操場幫他記錄跑步成績和裝水。

其實教練因爲另有私事，放學後只能陪戴河俊練習一小時，他總是爲此感到懊惱，畢竟戴河俊是他擔任教練這八年來，難得見到的天才選手。

平時教練就會替戴河俊記錄成績，不過我還是另外寫了一份，順便把教練離開後的自主練習也一併寫上，並列出狀況特別好或是特別差的成績，依據他當下的身體狀況做分析，等結束後再把資料交給戴河俊研究。

「我只是個門外漢，這些你就當參考吧。」每次我都尷尬地要戴河俊看看就好。

可是他總會認眞地向我道謝：「妳比我想像中還細心，謝謝。」

經過這些時日的相處，我發現戴河俊不像傳聞中那般冷酷絕情，雖然他一直面無表情，連說出來的話也帶著冷意，不過他偶爾也會露出笑容，和熟人聊天時語氣也會帶上幾分溫度。

但大部分時間還是座冰山，只是有時會稍微融化罷了。

「你覺得我明天去找綵晴說清楚好嗎？」左思右想後，我才得出這個結論，「她這幾天態度放軟不少，我也想清楚該如何向她解釋了，如果再拖下去我怕又要錯過機會。」

他表示認同，「嗯，去吧。」

有了戴河俊的支持，我的信心頓時增強了好幾倍。

然而隔天，我始終找不到適當的時機，眼看就是最後一節課了，我不禁擔憂起會不會錯失良機。

自上課鈴響已過去五分鐘，仍然不見數學老師的蹤影，教室鬧烘烘的一片，班長只好維持起秩序，又叫數學小老師去辦公室了解情況，結果意外得到老師請假的消息。

「老師說，這節課會發一張考卷，不過不列入成績，寫完以後就自習。」小老師宣布完畢後，教室內響起一陣歡呼。

接下來有些人認眞地提筆算起題目，有些人則直接將考卷塞進抽屜，低聲聊起天來。

雁筑這時拍了拍我的肩膀，指向綵晴的位子，要我一塊過去。

我沒有拒絕，起身和雁筑一同前去，腦中不由得想，這或許是個好機會。

綵晴周圍的同學早已離開座位，我們直接在她身旁坐下。

我們三人開始沉默地寫起考卷，過了一會兒，雁筑急忙地站起身說要去廁所。

我與綵晴一起抬頭望向她，綵晴瞥了我一眼，又猶豫地看雁筑。

綵晴似乎想要和雁筑一起去廁所，但雁筑像是故意一樣，不等她開口便溜煙似地朝教室外奔去。

綵晴看了看雁筑離開的方向後，一臉尷尬地低下頭，打算繼續寫考卷。

我鼓起勇氣喊出她的名字：「綵晴。」

聽到我的聲音，她凝滯了幾秒，才開口，「……怎麼了？」

「前幾天的事，我想我該和妳解釋。」我認眞地說：「我仔細想過了，這件事確實是我不對，無論妳相不相信，我還是想把我的想法告訴妳。」

「什麼想法？」她微微鎖起眉頭。

我苦笑嘆氣，「妳說得沒錯，在妳們面前我只會假裝什麼煩惱都沒有，那是因爲我怕會被嫌煩，妳和雁筑是我好不容易才交到的朋友，我不想增加妳們的困擾……」

綵晴靜靜地凝視著我。

「但是我忘了，每個人的想法不盡相同，我以爲的好，對妳來說卻是對妳們不信任的表現，也忘了和妳們好好溝通，更沒想到這竟會讓妳們如此難受。」

「不，我也有錯……」綵晴搖了搖頭，輕握住我的手，「沒注意到妳的不安，還對妳發脾氣，對不起……」

我回握她的手，「沒事，既然都說開了，我們就別再自責了，其實這幾天最難過的人是雁筑，爲了她我們也該要快點講清楚。」

綵晴神色一鬆，贊同地點頭。

「呼，廁所衛生紙竟然沒了，害我剛才嚇得不知道該怎麼辦，幸好口袋裡還有一包面紙……」雁筑話還沒說完，她在看到我與綵晴的表情後，興高采烈地問：「妳們和好了嗎？終於和好了嗎？」

我跟綵晴互看一眼，然後笑了起來。

雁筑一頭霧水地看我們笑成一團，不滿地嘟起嘴，「妳們才剛和好，就這麼有默契一起笑我，妳們知不知道，這幾天最委屈的人可是我耶。」

「是，我們都知道。」我拍拍雁筑的肩膀，克制不住笑意，「這樣吧，作為賠禮，我和綵晴各請妳一碗冰怎麼樣？」

雁筑的眼睛瞬間一亮，「眞的嗎？不可以毀約喔，今天就去好不好？」

我想了一會兒，有些爲難地拒絕，「今天我有事耶，改天好嗎？」

「爲什麼？今天不是剛好不用補習嗎？」雁筑滿臉都是疑惑。

想起方才和綵晴的談話，我嘆了口氣。

雖然陪戴河俊練跑的事不是什麼祕密，但我也不想在教室裡提起，畢竟人多口雜，如果被他們聽到可能又會被傳成什麼誇張的故事，而且白羽歆也絕對不會放過我。

思索半晌，我示意她們靠近點，將練習的事說出。

「什麼！妳陪戴河俊練習？」見雁筑驚呼出聲，我嚇得連忙摀住她的嘴。

確認沒有引起周圍同學的注意後，我才稍微放下心來，舒了一口氣。

「抱歉抱歉，我不是故意的。」

「眞是的。」我白了雁筑一眼。

她嘿嘿地笑了兩聲，張口正想說話，放學鐘聲卻恰好響起。

「我先去收東西，明天再約吧。」我面露歉意，拿起考卷，起身往自己的座位走去。

其實課後例行練習沒有那麼急，然而比賽將近，練習量變得比往常還大，我想先去超商買瓶常溫的運動飲料以備不時之需。

我拿起書包正打算離開，手竟突然被緊握住。

回過頭，就看到張承動直直盯住我。

他面色猶豫地停了幾秒，才開口：「……妳趕時間嗎？」

我一愣，反射性地想回答不會，可在想起戴河俊後，不自覺誠實地答：「滿趕的，怎麼了？」

「妳要去哪裡？」

我別開視線，不願面對他過於執著的眼神，「……操場。」

「去操場幹麼？妳平常不會去那裡的。」

聽著張承動的質問，又想到他這段日子以來對我不理不睬的態度，不由得煩躁了起來。

我用力甩開他的手，沒好氣地說：「平常不會，最近會去總行了吧？時間不早，我該走了，你騎車小心點。」

我正準備轉身離去，張承動再度拉住我的手。

「……是去找戴河俊嗎？」他猶疑了一瞬，接著用肯定的語氣說出了這個問句。

聽到從他口中說出戴河俊的名字，我心跳頓時漏了一拍，更湧起了一股夾雜著疑惑和緊張的情緒。

我回頭望向張承勳，他的雙眸中，似乎藏有幾分不甘。

這時留在教室裡的同學們的目光，全落在我和張承勳身上，令我更加不耐。

我不想回答他突如其來的責問，於是開始試著掙脫張承勳的手，他卻抓得更緊，不讓我有一絲脫逃的機會。

一時之間，我只能任憑他抓著。

看他執拗的態度，應該是非得從我口中得到答案不可，我不想說謊，可是也沒有機會轉移話題。

認眞思考了一會兒，我無奈地嘆息著，「你是怎麼知道的？」

「我聽田徑隊的人說的。」張承勳別開眼，「不過，我之前就看過妳和戴河俊在樹下聊天。」

我忍不住反問：「什麼時候？」

「三個禮拜前，有一天妳一臉緊張地拿著水瓶，匆匆忙忙地跑進教學大樓。」

聽他的描述，不正是我發現戴河俊放學後會留下來練跑的那天嗎？

如果我的記憶沒有出錯，當時張承勳離開教室前有向我道再見，他怎麼會知道放學後的事呢？

看到我疑惑的表情，張承勳主動解釋，「我那天忘了和朋友有約，所以後來才又繞回學校，沒想到妳這麼晚還沒回家，一時好奇便跟在妳身後，想看看妳在做什麼，結果就見到妳和戴河俊在聊天。」

頓了幾秒，他又開口：「那是我第二次，看到妳跟戴河俊站在樹下說話。」

我詫異地望向他。

「妳還記得第一次嗎？就是戴河俊當眾人的面，把妳拉去操場的那次。」

我當然忘不了，回想起當時的情況，頓時有些無奈。

這時，我的腦海中倏地閃過有個人影站在頂樓看著我和戴河俊的畫面。

「那時候……你在頂樓？」

「嗯，那天我被老師找去辦公室，所以不知道妳被戴河俊叫走，回教室後看到大家鬧烘烘不曉得在吵些什麼，索性就蹺課跑去頂樓了。」

我當時果然沒有看錯。

「所以？你就這麼在意我和戴河俊的事？」盯著他仍緊抓著我的手，我嘲諷一笑，「不過是趁有空的時候，留下來陪他練習跑步罷了，有什麼嗎？」

「為什麼會不介意？」張承勳的表情既受傷又難過，彷彿在隱忍些什麼，「妳前些日子還說和他不熟，結果現在又是解圍又是陪練，還是當初那個蛋糕，其實也是妳親手做給他的？」

聽到他的質疑，我怒氣沖沖地說，「張承勳，我不知道你為什麼要懷疑我，但我可以問心無愧地說，從認識到現在，我從未對你說過任何謊話，一句也沒有！」

張承勳瞠大雙眼，似乎沒料到我的反應。

「之前戴河俊出面幫我時，我確實不知道他會出現，也和他不熟。」我瞪向他，語氣忿忿，「蛋糕我也只是幫白羽歆轉交而已，不好意思，我還真的不懂如何做蛋糕，依我的水準只會烤土司而已！」

我別開視線，稍微冷靜點後，才接著說：「我不明白為什麼上次從Ocean回來後，你對我的態度就變了，中午要我和雁筑她們吃飯，好，我當你是希望我跟她們培養感情；上課不理我，我當你是要我認眞向上；不再找我去Ocean，我當你是在幫我省錢，我這麼努力幫你把其他理由都想好了，可是我偏偏找不到，你對我冷淡的藉口……」

忍住鼻酸的衝動，我告訴自己不可以哭，絕對不能在張承勳面前哭出來。

「語霏……」他欲言又止，然後鬆開了手。

「人難免會有情緒起伏，所以這陣子你不想理我，我也忍住不去問你原因，可現在你卻無緣無故來質問我，甚至懷疑我對你說謊。」我的聲音無法克制地微顫著，「張承勳，我也有脾氣，不是你的玩具，想理就理，不想管就可以隨便丟棄。」

「我沒有！」他低吼，面上揉雜著憤怒與哀傷，「我從來就沒有不想理妳，對不起……這段時間一直迴避妳，但我也不希望事情演變成這樣。」

他繼續說：「是我不該懷疑妳，不過只要一想到戴河俊和妳，我就無法冷靜……」

看到如此失控的張承勳，我忽然說不出話來。

他竟然這麼介意戴河俊的存在？

「妳單獨跟我在這裡，不怕張承勳誤會嗎？」

想起戴河俊說過的話，我腦中的思緒又亂了幾分。

我低頭凝視地板，緊抿著唇，過了一會兒才猶豫地問：「張承勳，我問你一件事，一件事就好。」

「什麼事？」他想也沒想地反問。

我抬起頭，手不由得攥起衣角，「能不能告訴我，你的吉他除了自學之外，是不是有別人教你？」

張承勳明顯愣住，「爲什麼突然問這個？」

「雖然很突然，不過我還是希望你可以告訴我。」

張承勳神色嚴肅地緊盯著我，始終抿嘴不語。

他掙扎愈久，我的心隨著等待的一分一秒，被拉扯得疼痛不已。

良久，他遲疑得低聲說：「一個女生。」

「是什麼樣的女生？」

然而張承勳已撇開了頭，不願與我對視，「妳不認識的女生。」

張承勳依然不肯告訴我關於展嫣的事。

我深吸了口氣，「謝謝你的答案，沒事的話我先走了，你騎車小心。」

拿起書包，我頭也不回地邁步離開。

這一次，張承勳沒有再拉住我的手。

不知不覺我已走到公車站牌前，原想不負責任地直接搭車離開，但最後仍是收起悠遊卡，去超商裡買了瓶運動飲料。

拖著沉重的步伐，我在想等會該擺出什麼樣的表情才好，如果笑得力不從心，或帶著一張苦瓜臉，戴河俊應該會擔心吧。比賽快要到了，我不想他爲此分心。

走近操場時，就見戴河俊和田徑隊隊員們正圍成一圈站在跑道旁，大概是在討論賽前的衝刺訓練。我刻意避開他們的視線，走到樹下把運動飲料放在戴河俊的書包旁，拿起手機傳了則訊息，說今天有事沒辦法陪他練習，又提醒他記得要適時補充水分。

臨走前，我轉頭看了眼戴河俊，他正在練習起跑姿勢。

他認眞的身影，使我不禁彎起了嘴角。

♥

「謝謝光臨。」

接過發票，我心滿意足地提起甜甜圈跨出店門。

「語霏？」陡然，一道有些熟悉卻也有些陌生的聲音落入我的耳中。

我扭過頭，面前的何允熙一臉訝異，手裡拿著一頂安全帽。

「記得我嗎？我是張承動的朋友，上次我們有在Ocean見過一面。」他走到我身旁，注意到我手上的紙袋，笑吟吟地說：「沒想到能在這裡遇到妳，有空的話可以聊聊嗎？上次時間太短，沒機會多聊一下有點可惜。」

我擺了擺手，「好啊，不如進去坐下來談吧。」

「那妳先去選位子，我點完餐就過去。」

我點頭後轉身走進座位區，選了個靠窗的座位坐下。略微侷促的我，開始吃起甜甜圈轉移注意力，沒想到才剛吃完一個，何允熙便拿著托盤走來。

我對何允熙並不了解，大部分的事情都是從大叔那裡聽來的。不過，既然他和張承勳交好，應該不會是什麼壞人，然而想起何允熙上次對張承勳說過的話，我就不知該用什麼態度面對他，而且他應該也對我存有幾分戒心。

「還好嗎？妳看起來好像很累。」他拿起甜甜圈，關心道。

我尷尬地摸摸臉頰，卻不小心沾上糖粉，正慌張地想用手背抹去，何允熙笑著抽出面紙替我擦去。

「……謝謝。」儘管嚇了一跳，我還是回了個禮貌的笑容，「我沒事，可能是午休沒睡飽。」

「是嗎？我以爲是心情不好，本來想問是不是和阿勳有關呢。」我的身體頓時一僵，而他嘴角的笑意更深了些，「猜中了？他欺負妳了嗎？」

「沒有。」

「對了，我沒問過你們是怎麼認識的。」何允熙亮起眼睛，「Ocean對我和阿勳來說是很重要的地方，他會主動帶妳去，就表示妳在他心中很不一樣。」

聽到他這麼說，我實在不曉得該如何反應。

該高興嗎？在張承動的心裡，我也許是特別的存在，可我分不清對他來說，我究竟只是朋友，或是已經超越了友誼的界線。

他忽冷忽熱的態度，和我們之間模糊的界線，都令我無比難受。

食不知味地嚥下甜甜圈，我茫然地盯著面前的托盤，「我們是同班同學。」

「同學啊，從高二分班以來有九個月了……」何允熙伸出手指，一面數一面說：「妳眞幸運耶，我是和阿動認識一年半後，他才肯帶我去Ocean。」

我扯了個不由衷的乾笑，沒有回話。

「阿動是個好人，只是嘴巴壞了點。」他突然用懷念的口吻說起以前的事，「阿動現在其實已經收斂很多了，以前國中時，曾有個英文老師氣得說要把他的平時成績打零分。」

我不免感到詫異，雖然張承動的嘴巴有些不饒人，但也不至於令人反感，看樣子不是那個老師太古板，就是國中時張承動說話太不經過大腦。

我們之間的氣氛因爲這個話題終於和緩了些。

這時，我忍不住開口：「對了，我想問一件事。」

他舔了舔嘴角的糖粉，面露好奇地看向我，「嗯？」

「之前有聽張承動說過，你們國中時會一起彈吉他，那除了你們兩個之外……」我緊抓衣角，問出那個我早已知道答案的問題，「……還有其他人嗎？」

霎時間，何允熙總是揚起的嘴角沒了笑意。放下手中尙未吃完的甜甜圈，他用面紙擦去嘴邊和手上殘餘的糖粉。

「妳是想問關於展嫣的事吧？」何允熙用認眞的眼神審視著我，「上次我對阿勳說的話，妳都聽見了？」

我猶豫了片刻，才坦承：「嗯，聽到了幾句。」

「不過妳怎麼知道我們三個會一起練吉他？」何允熙先是不解地脫口而出，隨即說：「罷了，是大叔說的吧？」

我只是別開視線，默不作聲。

何允熙重重嘆了一口氣，「妳究竟是聽到了哪些話？剛剛我提起展嫣時，妳似乎對她的名字並不陌生。」

「我聽到你對張承勳說，要他別辜負展嫣。」

「還有嗎？」

「就這樣。」

他收回停駐在我身上的目光，「阿勳沒和妳說過關於展嫣的事？」

我搖搖頭。

何允熙一臉爲難，深思了一會兒後才推論，「既然阿勳沒提，只有兩種可能，第一，是他認爲過去的事和妳說了也沒用，不過這個可能性應該很低；第二，則是他認爲時機不對，還不適合說，如果他不願意，我自然沒有立場告訴妳，很抱歉。」

我心頓時一沉，勉強勾起笑容，「沒關係，我能理解。」

「如果妳真的想知道他們之間的關係，我可以告訴妳。」何允熙的神情略帶猶豫，「我看得出來你們之間的關係很特別，今天換作是我，大概也不想和妳講展嫣的事。」

我想了想，堅定地看向他，「沒關係，我想知道。」

半晌，他闔上眼，緩緩開口：「現在如何我不清楚……但展嫣曾是阿勳生命中最重要的人，國中那三年裡，我從沒見過阿勳這麼帶著縱容地去愛一個人。」

聽到他的答案，我的心似乎在那刻停止了跳動，身體如同失溫般逐漸冰冷。

我的猜測，果然應證了。

我震驚地無法思考，甚至連難過的情緒都不能順利接收。

腦中不停回響著何允熙的聲音。

「我從沒見過阿勳這麼帶著縱容地去愛一個人。」

那何允熙和展嫣呢？

「……那你呢？」想起他每次提起展嫣的語氣，我不由得開口問：「展嫣對你來說，應該也很重要吧？」

他神情一黯，沉默良久才開口：「……嗯，我喜歡過她。」

「何——」

「所以我才要阿勳別辜負展嫣。」他斂下眼，我無法看清他眼底的情緒，「我是抱持著什麼心情放棄展嫣的，阿勳根本無法了解。」

「既然喜歡，爲什麼要放棄？」

「沒辦法啊，因爲我喜歡她。」何允熙輕笑出聲，那笑容是多麼的苦澀，「她的快樂就是我的快樂，所以我選擇祝福他們。」

明明是他的感嘆，卻像是由何允熙口中說出我的心聲，使我的思緒紛亂不已，久久無法冷靜。

回想起張承勳的每個笑容，和那個雨天輕撫我臉頰的認眞神情，一股悲傷悄悄自心底蔓延開來，這痛徹心扉的痛，反而讓我再也沒比此時還更清醒。

我喜歡張承勳。

對他的情感，早已隨著時間的流逝，逐漸累積。

我的心防也在他一點一滴的溫柔細雨沖刷下，漸漸崩塌。

此時我才發現，再溫柔的雨，打在傷口上仍痛得令人無法言語。

我卻無法逃離。

Chapter 3

我與何允熙的談話是如何結束的，我的印象已有點模糊。

可是自始至終，我還是不明白，何允熙是抱持怎樣的心情面對我的？

他明明很介意我和張承動的關係，也不希望張承動辜負展嫣，但又像怕我受傷似的，不願對我說重話。是眞的爲我著想？或者這只是他過度氾濫的同情心？

躺在床上無力地試圖理清所有事情，手機突地傳來訊息聲打斷我的思緒，滑開螢幕一看，發現是戴河俊。

「還好嗎？還有，謝謝妳的運動飲料。」

原先混亂的心，因爲有他的關懷，此刻彷彿有股暖流通過，不再如此寒冷。

然而直到螢幕暗去，我也沒點開訊息，只是將手機擺在一旁。

雖然很對不起戴河俊，可現在的我實在無心回應，也怕和他對話會不小心透露出什麼。

我寧願沉默，也不願隨意對戴河俊說謊。

隔天早上，我剛走進教學大樓便看到戴河俊輕靠在樓梯的轉角，貌似在等人。

可能是注意到我的視線，他忽然抬起頭。

「早安。」

「早。」他嘴角噙著一抹淡笑，「昨天妳沒回訊息，我猜妳可能很早就睡了，是身體不舒服嗎？」

這時我才意識到原來戴河俊在等的人就是我。

搖搖頭，我旋即擔憂地叨念了起來，「我身體好得很！倒是你站在這裡等我，不怕被其他人說閒話嗎？而且這個轉角的風特別大，比賽快到了，你怎麼不多注意一下自己的身體？」

「妳這經理真稱職。」聽著我的嘮叨，戴河俊依然滿臉笑意，「他們要傳就儘管去傳吧，妳知道我不在乎那些謠言。」

「你是存心想害我被白羽歆找碴啊？」我無奈地朝他翻了個白眼。

戴河俊沒有回答，卻笑得更開懷了。

閒聊幾句後，戴河俊對我道了再見便走進三班教室。

我轉身準備踏上階梯時，發現神情凶狠的白羽歆雙手交叉於胸前，站在樓梯中央緊盯我。

想起剛剛與戴河俊交談的畫面，我忍不住在心裡直喊慘了。

「我是不是該和妳好好談談，紀語霏？」她的語氣是一貫的強勢。

我嘆氣，抬腳跟上她的步伐，來到上次談話的轉角。

「妳和戴河俊到底是什麼關係？」剛停下腳步，白羽歆就開門見山地問：「最近很多人都在傳，說妳放學後會留下來陪他練跑，這是真的嗎？」

我露出苦笑，「我們只是朋友，但就算我這麼說妳也不相信吧？還有我的確會陪他練習，不過只有練習，沒什麼特別的。」

「沒什麼？妳根本不懂……我當初爲了爭取陪他練習的機會，付出了多少努力。」白羽歆的表情瞬間扭曲了起來，她咬牙切齒地說：「可是妳知道他用什麼理由拒絕我嗎？他說教練認爲這樣會影響到訓練，不得已我才只好放棄。」

她緊握拳頭，渾身顫抖著，「結果呢？原來這只是個謊言，認識他這麼久，我知道戴河俊是寧可不回應，也不願說謊的人……」

「既然戴河俊都破例爲妳說謊了，就代表妳眞的有妨礙到他練習吧。」我淡淡地回：「妳與其向我抱怨，還不如直接去問他拒絕妳的理由。」

「我不明白的是爲什麼偏偏是妳！」白羽歆近乎失去理智地尖聲說出這句話，我被嚇得踉蹌兩步，「幾個月前，妳明明只是個能任我指使的人，沒朋友也沒長相，憑什麼妳可以陪戴河俊練習，甚至讓他替妳解圍？」

聽到她最後的話，我才明白她對戴河俊阻止那群女生在轉角堵我的事仍耿耿於懷。

「白羽歆，我知道妳喜歡戴河俊已經將近五年了，」白羽歆瞪大雙眼，似乎很驚訝我知道這件事，「就是因爲太喜歡他，妳才會不擇手段地排除競爭對手，但妳覺得戴河俊不知道嗎？妳認爲他看到這些行爲後，對妳還會剩下多少好感。」

我語重心長地勸她：「如果妳是眞心喜歡他，應該是努力獲得他的認同，而不是用暴力阻止別人接近他。我知道妳在擔心什麼，不過妳放心，我和他只是朋友。」

「現在也許只是朋友，可妳能保證之後會發生什麼事嗎？」她冷笑了聲，眼中充滿了不信任的情緒，「而且那些事是戴河俊告訴妳的吧？這樣我要如何相信你們僅是普通朋友？」

「爲什麼普通朋友不能聊這個話題？」

「據我所知，戴河俊從不和人討論關於他的追求者的事情，連他田徑隊的好友也是，他卻告訴了妳。」她的面容滿是怒意。

「也許是剛好我被妳找碴，我問起他就順口提起了吧。」

「或許吧，不過在發生這些事情後，我是不可能會輕易饒過妳的。」白羽歆語調平靜，但是眼神裡隱含著瘋狂，「戴河俊不喜歡我又如何？我就把和他親近的人一個一個抹去。」

我沉默地看著她歇斯底里的表情。

白羽歆對戴河俊的感情，在得不到回應的情況下，逐漸變了質，造就了現在扭曲的模樣。

「我們走著瞧。」白羽歆丟下這句話，頭也不回地離開。

♥

那天之後，我的日子徹底熱鬧了起來。

有時是畫滿粉筆塗鴉的書桌，或是消失的課本和文具，甚至有次體育課結束後，我轉開水瓶杯蓋時，就傳來一股刺鼻的漂白水味。

當時雁筑正好撞見這幕，她生氣地不停質問我爲什麼又選擇隱瞞。

「妳是不想連累我們吧？」綵晴先安撫雁筑了的情緒，接著一語道破我心中的顧慮。

既然雁筑和綵晴發現了，我也不再顧忌，對她們說出了這段時間那些霸凌者的行爲。那些人就是看準了我不想把事情鬧大，也不願連累朋友，所以不會直接對我言語霸凌，而是在私下用一些惡作劇，讓我無法平靜過學校生活。

儼然是個專爲我精心設計的局。

雁筑聽完，氣得跑去質問白羽歆。

「討厭紀語霏的人多得是，憑什麼認定是我？」她抬起下巴，不屑地笑，「誰知道她平時得罪多少人，我可沒那麼多時間陪她玩這些小把戲。」

白羽歆說話的聲音比平時還更大聲，就像是故意說給坐在位子上的我聽。

「氣死我了，怎麼會有這種人？霸凌別人還能裝作一副若無其事的樣子。」走回我們身旁時，雁筑依然忿忿不平。

我輕拍雁筑的肩，勸她冷靜。

「語霏，妳眞能忍，如果我沒發現，妳是不是打算忍到畢業？」她扭開水瓶，猛灌了幾口冰水，「我也有錯，沒注意到妳被霸凌，害妳獨自承受受了這麼多的委屈。」

「怎麼會是妳的錯呢？」我搖搖頭，輕嘆，「我既然想瞞，妳自然不會發現啊。」

雁筑沒有回話，只是緊抱住我，生氣又心疼地對我說，如果有下次，不准再隱瞞。

其實最好的報復就是無動於衷。

即便這段日子以來她們動作不斷，我仍會陪戴河俊練習，有時結束後還會一起去市區吃飯，我們之間的關係反而愈來愈好了。

白羽歆知道這件事後，氣得叫人把我抽屜裡的所有課本全都丟到垃圾桶。

至於張承勳，早在兩個禮拜前便察覺到一些端倪，他不停向我詢問事情的起因，並想幫我解決這些事，可是我拒絕了。

然而不知道他做了什麼，在與張承勳談話幾日後，她們的霸凌行徑漸漸開始收斂。

不過即使有機會，我也不想知道他為什麼要幫我。

因爲他對我的那份特別，只會令我更難受罷了。

音樂課時綵晴剛好坐在我後方，她點點我的肩，示意我向後靠。

「妳這樣和張承勳賭氣眞的好嗎？」她湊向我的耳邊悄聲問：「這幾個禮拜，他有好幾次想找妳談話，妳都只是隨意地敷衍。」

她瞄了眼老師的方向，又開口，「妳其實也想好好回應他吧？爲什麼要選擇迴避呢？難道妳對他的感情這麼脆弱，這麼不堪一擊嗎？」

我緊抿唇，手不自覺緊抓起衣角。

「不說了，我只能幫到這，剩下的妳自己加油吧。」綵晴拍拍我的肩膀。

我先是愣怔，還來不及問這話是什麼意思時，便看到雁筑拉著張承勳朝我們走來。

轉頭看向黑板，我才發現現在正在進行表演分組，綵晴跟雁筑可能早就商量好要邀請張承勳和我們一起。

看到張承勳愈來愈近，我的腦中頓時一片混亂，只想逃離這裡。

「我去廁所。」我霍然站起身。

快步地跨出教室門口，後頭隨即傳來急促的腳步聲，而那人在追上我後，便在後方像是影子般遵循我的步伐。

直到抵達廁所門口前，我才受不了地回過頭，「張承勳，你夠了吧，到底要跟我跟到我什麼時候？」

張承勳靜靜地凝視我，良久，他緩聲道：「直到妳願意和我說話為止。」

我勾起諷笑，「我現在不是就在和你說話了嗎？好了，前面是女廁，你如果再跟進來我可是會尖叫喔。」

他低下頭，沉默不語。

見他不再回應，我輕嘆了一口氣，轉身走進廁所。

這時他忽然從後方拉住我的手，下一秒，他把我推向牆邊，雙手撐在我的耳邊，身體向我愈靠愈近。

他垂眸對上我的視線，眼神裡蘊含著憤怒和寂寞，還有我一直以來無法釐清的複雜情感。那濃烈的情感，使我心中又燃起了微弱的希望，雖微小，卻怎麼也無法止息……

「別再躲我了。」他將頭輕靠在我肩上，低啞的聲調聽起來有幾分脆弱，「之前疏遠妳是我的錯，可是我也很痛苦……痛苦到無法再堅持下去……」

我別開視線，手又摸起了衣角。

「我知道這是我自找的，但……」他在我耳邊低喃，「妳真的完全不想和我說話了嗎？」

我想點頭，卻無法違背自己的心，只好推開他，邁步離開。
好不容易平穩下來的心，如今再次泛起了陣陣漣漪。

♥

這天放學，我照例陪戴河俊練習，他的目光不知道爲什麼一直落定在我身上。
直到休息時間時，他接過毛巾後，語氣擔憂地問：「妳的臉色不是很好，是不是不舒服？」
我搖搖頭，表示不要緊。
「就算期末考要到了，也別太常熬夜搞壞身體。」他淡淡地囑咐我。
我沒有反駁，笑著應了聲。
他把毛巾遞還給我，又轉過身繼續練習。
看著他向前走的背影，我想起上次田徑隊隊聚時，剛好有個隊員因爲跑步成績下降而十分消沉，戴河俊雖然仍扳著那張臉，卻很認眞地安慰及鼓勵他。
還有上次比賽結束後，田徑隊隊員們都搶著跟我吐槽，教練在頒獎儀式結束時，在大家面前高興地直誇戴河俊是難得一見的天才就算了，甚至還不忘稱讚自己教導有方，惹得在場的人都笑他偷邀功。
不過我向戴河俊道喜，順便提起這件事的時候，他竟是一臉感慨地說：「我很慶幸能在高中遇到教練，他就像我的伯樂，假如沒有他的賞識和栽培，我不可能有今天的成績。」

他還難得多話地敘述起教練多麼盡心，爲了開學後的縣賽，特地規劃接下來暑訓的行程，除了固定的體能訓練外，還替隊員們量身計畫了個人特訓。

一聲哨音，將我的思緒拉回跑道，沒幾秒的時間，戴河俊已到跑道中段，再眨眼便停在終點線上。

他全心投入跑步的身影，我不禁泛起了微笑。

戴河俊冰冷的外表下，其實有著一顆既謙虛又善良的心。

曾經我和大家一樣，認爲他宛如難以親近的刺骨寒風，可經過這段時日的相處，才發現他其實是像來自冬末春初的暖風，本以爲他難以靠近，在接近後才知道，他是如此的溫暖。

練習結束後，我和戴河俊並肩朝公車站走去，準備去市區吃晚餐。

但他在等車時突然收到訊息，是他媽媽說家裡難得煮了飯，要他回家吃飯。

看向一臉愧疚的戴河俊，我忍不住笑了起來，直說沒事。

果然第一印象會騙人。

「對了，前幾天我聽到有人說，妳在班上被霸凌。」戴河俊語氣一轉，神色認眞地注視我，「這是眞的嗎？」

我愣住，勉強擠出一絲笑容，聲音有些心虛，「沒有阿，你從哪裡聽來的？」

「可是妳的笑容很僵。」戴河俊眉頭微皺，仔細觀察著我的表情，「而且語氣也很怪，我不曾見過妳這樣。」

我沒有回答，而是低下了頭。

「是不是白羽歆又刁難妳了？」戴河俊思索幾秒，說出他的推論。

我身體不由自主地顫抖了一下。

他似乎注意到我的反應，語調嚴肅了起來，「果然沒錯，我去跟她講講吧。」

我嚇得趕緊拉住戴河俊的手，搖了搖頭，「不要，你去找她只會把事情鬧得更大，而且這陣子她們比較收斂了，一個禮拜大概只會有一、兩次。」

「兩次？」戴河俊不悅地瞇起眼睛，「以前我不在意，是因爲我不認識那些女生，但妳不一樣，我沒辦法就這樣坐視不管。」

我很感激他的關心，不過想到那日白羽歆的瘋狂言論，心中仍有一絲不安。

我依然搖了搖頭，「白羽歆說她已經無所謂了，你不喜歡她也罷，她只想剷除你身邊所有親近的人，你現在再去和她談應該只會火上澆油。」

我嘆口氣，繼續說：「謝謝你願意幫我，可是目前先別去招惹她比較好。」

戴河俊凝視著我，語氣滿是愧疚地開口，「妳說得對，抱歉，是我考慮不周。」

「怎麼會？我知道你是爲我好。」

「妳眞的打算就這樣放任她們嗎？」他眉頭緊蹙，似乎不能明白我的想法。

「這幾天她們已經收斂了不少，我想再過些時日，應該就會完全收手了吧。」我無奈地勾起嘴角，「畢竟都已經是高中生了，還整天用這些小手段，也太不成熟了。」

戴河俊眉間仍舊緊鎖著，冷淡的面容下隱含著深深的擔憂。

那擔心的雙眸，不禁讓我想起張承勳。

❤

隔天下午，白羽歆傳了則訊息給我。

「今天打掃時間到體育館的游泳池。」

瞥向座位前方的白羽歆，我本想直接忽略，她又傳來一則訊息。

「我想單獨和妳談談這陣子的事，順便把所有的事情做個了結。」

雁筑和綵晴剛好也看到了訊息，她們自然勸我別輕易相信白羽歆。

憑著一股衝動，我不顧雁筑和綵晴的反對答應了白羽歆，她收到回覆後，直接轉過頭盯著我，眼底透露出不懷好意。

儘管不安，我仍是希望能藉由這次談判，將所有事情畫下休止符。

熬過幾節乏味的課，好不容易等到打掃鐘聲響起，我隨手拿起手機跟錢包，準備離開教室，卻被雁筑和綵晴攔在門口。

「打掃時間只有十五分鐘，再不去會來不及的。」我無奈地說。

雁筑焦急地拉住我的手，「可是白羽歆故意約在游泳池那種偏僻的地方，而且這個時間點可能連救生員都不在，這不就是存心要害妳嗎？」

「她也許是怕在這裡談話會引起騷動，怕被戴河俊知道吧？」

「但是……」雁筑還想反駁，卻被綵晴給打斷。

「這樣吧，我們陪妳去，妳們想要單獨談也沒關係，我們就在更衣間等妳，假設到時候眞出了什麼事也能即時應對。」綵晴的語調平淡，不過眼神裡滿是擔憂，「畢竟，誰敢保證她不會耍手段。」

在爭不過綵晴的情況下，我只能答應，我明白她們是爲我好，可是又不想把她們牽扯進來。

望了眼白語歆的座位，她早已不見人影，想來是先去了。

走出教室，悶熱難耐的空氣朝我襲來，心隨著灰暗的天空與沉重的烏雲，逐漸不安了起來。

把東西交給雁筑保管後，我給了她們一個笑容，要她們放心，離開前綵晴再三叮囑我，盡可能別和白羽歆鬧翻，誰曉得她是不是設計了局給我跳。

我點了點頭後踏出更衣室，熟悉漂白水味向我撲來，諷刺的是，這味道還不及那天我在水瓶裡聞到的濃，我不禁好奇起來，那些女生究竟有多討厭我。

「遲到將近五分鐘啊。」白羽歆面帶微笑地站在游泳館的底端，「我剛剛還在想，妳是不是落荒而逃了呢。」

「誰逃了？」我往白羽歆的方向走去，「倒是妳，今天挺孤單的啊？我以爲妳會帶那些女生一起來呢。」

「既然我說要單獨跟妳談談，自然說到做到。」白羽歆面上依舊維持著虛僞的笑容，「妳這麼聰明，應該知道我要談什麼吧？」

下一秒，她的表情陡然扭曲，目光透出輕蔑，「妳到底要像隻蒼蠅似的在戴河俊身邊待多久？眞是難爲戴河俊要一直處處配合妳。」

我不禁諷笑出聲，「我倒覺得妳更像戴河俊身邊的蒼蠅吧？妳糾纏了他五年，他卻從來不想理會妳，連我看到都開始有點同情妳了。」

這刻我拋開綵晴的囑咐，毫不留情地嘲諷：「再說戴河俊從來就沒有勉強自己配合我，他待人向來分得清清楚楚，假如不熟自然是理都不想理，但他若是把妳當作朋友，情況就截然不同了。」

說到這裡，我奚落地笑了，「妳前些日子不是才說，妳對他的個性、習慣都瞭若指掌嗎？現在怎麼分不出來了？」

白羽歆原本高傲的表情瞬間垮下，取而代之的是滿腔的怒火。

她向前踏了一步，憤怒的臉就在我面前。

「不錯啊，這些日子妳倒成長不少，愈來愈伶牙俐齒了。」白羽歆惡狠狠地瞪我，冷笑了聲，「我還眞沒想過，自己居然會有被妳這樣刺諷的一天。」

她轉頭，望向旁邊的泳池，「妳以爲有何雁筑、方綵晴和張承勳當妳的靠山，妳就不用怕了嗎？告訴妳，別太天眞了！」

「若不是妳不停找我麻煩，我怎麼會這樣說話？是妳們的行爲實在是令我忍無可忍了，我才會這樣對妳。」白羽歆的話沒把我嚇到，反倒讓我有些無奈。

「妳覺得我行事會如此粗劣嗎？」她面帶鄙視地瞪向我，「我只有稍微提醒她們該動手的時間，其他都是她們自由發揮的。」

「怎麼可能，妳們不是感情好到會一起討論如何對付我嗎？況且把我課本丟到垃圾桶這件事，妳要怎麼解釋？」

「那次的確是我叫她們做的，」白羽歆認眞地說：「但其他手法都不是我提供的。」

「水瓶裡的漂白水呢？」我依然不相信，懷疑地打量她。

「那是先前想打妳耳光的女生做的，看來她眞的很討厭妳啊。」她臉上露出幾分欽佩，「她大概是賭妳的鼻子還不至於差到聞不出來，才敢這麼做。這弄不好，可是會出人命的。」

我瞪著白羽歆，不願回應。

「我再問一次，妳到底要不要從戴河俊身邊離開？」見我沉默，白羽歆彷彿獲得勝利一般，揚起了猖狂的笑，「如果妳答應了，我保證這些霸凌就此消失，包括張承勳的粉絲，我也會幫妳擺平。」

「用不著妳費心了。」我別開視線，輕嘆了口氣，「就算妳真能幫我擺平好了，她們也不是心甘情願地罷手。」

「我有自信。」白羽歆強調。

她的要求，使我想起張承勳刻意迴避我的那段日子，心頓時一緊。

正因爲經歷過，才明白那有多痛苦、多難受，我視戴河俊爲朋友，當然不希望他也要遭受這樣的對待，尤其是這種沒來由地疏遠……

我搖了搖頭，「我不想平白無故疏遠戴河俊。」

「所以妳是不答應？」幾秒後，白羽歆再次和我確認。

我應了聲：「對。」

她不再說話，緊盯我視線卻沒有移動半分，我想既然談判已經失敗，就轉身打算離開。

然而在走到走道中段時，後方忽然傳來一陣巨大、雜亂的腳步聲，我還沒來得及回頭，脛骨便遭人狠狠一擊，讓我的腳瞬間失力，向前跌落至泳池邊。

雙手著地後，一股劇烈的刺痛襲遍全身，我連求救都來不及喊出，就有幾雙手用力地朝我背部一推，把我直接推入泳池中。

泳池中段的水深最深，而我的腳又因受到重擊無法出力，我開始胡亂地揮動手，努力浮出水面，卻無法順利吸氣，反倒嗆了幾口水。

無助地看向岸邊那些女生得意的面孔，這時我才明白一切都在白羽歆的算計之中，她們的笑容也隨著我慌張的模樣愈顯燦爛。

這瞬間，一股恐懼自心底油然而生。

我知道她們不可能幫我，可是我也發不出聲音向雁筑她們求救。

我的雙手逐漸沒了力氣，身體緩緩地往池底沉去。

水面上，那些女生只是面面相覷，我沒再聽到笑聲，她們的目光在我與白羽歆之間來回，卻沒人敢有動作。

「記得別跟白羽歆鬧翻了。」

想起綵晴的叮嚀，我開始後悔起自己這麼倔了，為什麼要獨自赴約，還偏偏要用最激烈的態度來拒絕白羽歆，話雖如此，假如重新選擇，我還是不願對她低聲下氣。

我的思緒漸漸無法集中，此時岸邊突然出現一道身影，逕自跳進泳池裡，朝我迅速游來，模糊的視線中，我似乎看到一張熟悉的面容。

那張總惹得我心煩意亂的面容。

❤

當我再次恢復意識時，注意到空氣中瀰漫著濃濃的藥水味和身上潔白的被單。

感受到身邊有屬於他人的溫度後，我將目光一轉，張承勳趴在病床邊沉睡的模樣便落入眼底。

闔上眼，我試圖回想方才的情形。

在最後朦朧的記憶裡，是張承勳將我救出泳池後的焦急臉龐，和雁筑與綵晴圍在我身邊，不停向我說話要我保持清醒的畫面。

之後都是斷斷續續的片段，我知道有人抱著我快步走著，不過我的頭上被蓋了件衣服，只能聽見耳邊傳來的雨聲。儘管看不見，但那件衣服傳來的味道，是如此的熟悉。

側過頭，我仔細觀察起張承勳，發現他的頭髮仍滲著幾滴水珠，而衣服雖然乾了大半，卻依然潮濕。

果然是他——

深吸一口氣，我試著克制自己，可視線貪婪得無法從他身上離去。我情不自禁地伸出手，當指尖終於觸碰到他的頭髮的剎那，我像是觸電般渾身一顫。

因爲我的動作，張承勳倏地驚醒，見我清醒後，他滿臉驚喜，先是激動地摸了摸我的臉頰，然後是額頭，像在確認我是眞的沒事了。

「怎麼樣？還會不舒服嗎？」看我反應不大，他的眉頭緊鎖，語氣明顯緊張了起來。

我輕搖頭，示意不要緊。

整間保健室靜悄悄的，我朝他身後瞥了幾眼，沒有半個人影。

正想問雁筑和綵晴在哪裡，喉嚨竟頓時一緊，發不出聲音。

「別出聲。」張承勳見狀，連忙阻止我，「剛才保健室老師有說，嗆水之後喉嚨要好好休息，妳有什麼話想說，就用打字的吧。」

他從口袋裡拿出手機遞給我。

「如果妳是想問何雁筑跟方綵晴在哪裡的話，她們已經先回教室了。」張承勳猜到我想問什麼，解釋：「老師說不能太多人，只有一個人能留下來。」

我緊抿起嘴，拿起手機打：「爲什麼是你？」

他望了眼螢幕，臉上漾起了溫柔的微笑，「因爲我捨不得離開妳。」

我怔怔地看著張承勳，腦袋霎時一片空白。

這是多麼誘人的一句話，彷彿在蠱惑我跳進他的溫柔陷阱裡。

「我看到妳往泳池沉去的時候……」張承勳低下頭，似乎不想讓我看見他的表情，不過我仍然注意到他面容上黯淡的神色，「我好怕妳再也睜不開眼，一心只想趕快把妳送到保健室，希望妳能快點醒來。」

我繼續問，「我昏過去了嗎？」

他點頭，「從送來保健室到現在，妳睡了差不多快一小時，幸好沒什麼大礙。」

凝視著他潮濕的髮，雖然感動於張承勳寸步不離地守著我，可又想責怪他，怎麼不懂得照顧自己的身體，矛盾的心情使我一時之間無法按下任何字詞。

這時忽然腦袋閃過一個問題，我趕緊拿起手機，「對了，你爲什麼會知道我在游泳池？」

張承勳盯著手機螢幕上的訊息，遲遲沒有回答。

直到我再次發了同樣的訊息，他才重重嘆了口氣，「是方綵晴聯絡我的，她怕白羽歆耍什麼手段，說多一個男生比較安心。」

張承勳又開口，「因爲男更衣室角度的問題，我無法看清泳池，所以只能用聽的判斷外面的情形。當我發現情況不對走出更衣室時，就看見妳沉入泳池的畫面。」

停頓了半晌，他緩緩說：「我眞的嚇傻了……」

我靜靜地聽著，目光停駐在張承勳身上，無法脫離。

張承勳抬起頭，神色掙扎，「是我連累了妳，我只想著如何接近妳，沒想到竟會帶給妳這麼大的麻煩，甚至連妳出事也沒能及時出面，還讓妳因此受傷了。」

「對不起。」

他的自責，他的愧疚，都是我不願見到的，看到他如此失落，我也跟著難受了起來。

我直接將手機擱在一旁，伸出手環抱住他。張承勳的身體一僵，愣了幾秒，他才張開雙臂輕輕回抱我。

「對不起。」他再次說。

我用力地搖搖頭。

「我這麼沒用，難怪妳比較喜歡戴河俊。」他把臉輕靠在我的肩上低喃。

他的聲音雖然微弱，卻清晰地傳入我的耳中，聽到這句話，我不自覺地將他攬得更緊。

深吸了口氣，我用盡全身的力氣，勉強自己擠出聲音：「……不是的。」

他抬起頭，震驚地看向我。

我勾起一絲苦笑，一字一句地說出了我的心意，「我喜歡的人，一直都是你……」

那瞬間，保健室安靜得只剩我們兩人的呼吸聲，和我逐漸加快的心跳聲。

張承勳只是愣怔地看著我。

屋內的空氣似乎隨著他的沉默，愈來愈稀薄，令人快要窒息。

我心中理智的堤防，也漸漸崩塌，好似快要潰堤般，不斷湧現的心緒就要傾瀉而出。努力按捺住這股情緒，我嘗試從張承勳的眉眼間觀察出他的想法，卻見他表情猶豫。別開視線，我不敢再看下去，深怕一不小心眼淚就會奪眶而出。

我很清楚張承勳的掙扎來自何處，何允熙的話和他對吉他的熱愛都無時無刻在提醒我，無論現在張承勳與那個女孩是什麼關係，張承勳都曾耗盡心思地愛過她。

而她在張承勳的心中，究竟占有多大的份量。

張承勳沉默許久，緩緩道：「……對不起。」

我沒有說話，只是忍住鼻酸的衝動望向他。

「妳覺得我在說謊也好……我還是想告訴妳，我眞的很高興，妳說喜歡我。」他拉住我的手，語氣激動，「我一度以爲那是我的幻覺，不是現實。」

下一刻，他卻換上了苦澀的笑容，「可是我沒辦法接受妳的心意，因爲我不想辜負妳。」

「……什麼意思？」我艱澀地開口。

他不願回答，神情閃過一絲痛苦後，抓住我的手又加重了力道。

這就像直接捏進了我的心坎，讓心微微發疼著。

「……我的心，已經住進一個人了。」張承勳別過頭。

他的答案使我的心瞬間一沉，我強迫自己不許移開視線，抓緊了被單，問出了我最不想面對的問題：「是展嫣嗎？」

張承勳詫異地瞪大雙眼。

「……果然是吧？」見到他的反應，我苦笑出聲。

從張承勳的沉默中，我得到了答案。儘管我早已知曉這事實，不過心中仍尚存著一絲希望，從未想過張承勳的承認，竟會令我如此難受。

我曾以爲自己是離張承勳最近的人，然而他身邊的位子並不屬於我。

他的好、他的溫柔，原本是照亮我內心的溫暖陽光，卻在這瞬間化爲利刃，無情地朝我的心狠狠刺去，刺得千瘡百孔。

收起臉上的震驚，他臉色一正，「妳前陣子有問過我是誰教我吉他的，當時我還不明白妳爲什麼會這麼問，原來妳早就知道展嫣的存在。」

我低頭不語。

「會告訴妳的人只可能是大叔或允熙，不過如果是允熙，他是什麼時候告訴妳的。」停了一會，他又再度開口，「對不起，我不是有意隱瞞妳，之前沒有坦承，是因爲我認爲還不是時候。」

他嘆氣，皺起了眉頭，「展嫣對我來說很特別，就是太特別了，我才不曉得該如何開口。」

「我們是在四年前認識的。」張承勳一臉懷念，思緒彷彿隨著記憶回到當年，「當年我國

二、她高三，我在圖書館附近的公園研究譜曲，正在想該如何調整編曲才好，那時她就背著吉他在我旁邊的空位坐下，直接伸手奪走了吉他譜。」

他輕笑了聲，繼續說：「當下我只覺得這個人很沒禮貌，才想伸手拿回樂譜，她卻早我一步把譜丟了回來，然後拉下吉他套，拿出一把深褐色的紅木吉他。」

深褐色的紅木吉他？

看我一副困惑的模樣，張承勳接著解釋，「沒錯，妳上次在Ocean看到的那把吉他本來是她的，是我在十五歲生日時主動要求她把它送給我當禮物，雖然她想都沒想就答應了，似乎不是特別在意，不過無論如何，那都是我的寶貝。」

寶貝。張承勳說出這兩個字時，他的表情和語氣是如此的寵溺。

「展嫣的記憶力很好，只要很短的時間就能記住樂譜，而且是過目不忘。」張承勳的眼神欽佩，嘴角亦隨之上揚，「那時她隨興地修改一部分的編曲並彈了一遍，雖然乍聽之下不太習慣，可在仔細思索後就發現她改編的厲害之處。」

他繼續說：「於是我就請展嫣教我吉他，也在和她的相處過程中對她產生了好感，所以就在國二那年的秋天向她告白了，原本她沒打算接受，是我不死心地又纏了她好幾個禮拜，她才答應。」

我的音調有些顫抖，「所以……展嫣是你的女朋友？」

張承勳沒有說話，只是輕輕地點了頭。

這刻，我連佯裝沒事的力氣都沒有了，我沉默地將臉埋進棉被裡，不願讓他看到我現在的表情。

「對不起。」他溫熱的掌心覆上我的頭頂。

我沒有推開，任由張承動輕撫。

多麼熟悉的觸感，多麼熟悉的溫度，卻熟悉得令我心痛不已。先前的回憶太過美好，如今的溫柔顯得格外諷刺。

當他抱住我的瞬間，眼淚頓時落下，我再也忍不住放聲大哭。

也許是短時間內發生太多事了，最後我無力地闔上眼皮，沉沉睡去。

在睡著前，張承動一直陪在我身邊，用他寬厚的掌心撫著我的頭，力道很輕、很溫柔，彷彿怕我受傷似的。

我沒有閃躲，因爲我可悲得在被他拒絕後，仍貪戀著他的溫柔。

但我不停告訴自己，這會是最後一次。

最後一次的留戀。

我再次睜開眼睛時，張承動已不見蹤影，轉頭就見雁筑和綵晴神情擔憂地坐在病床旁。

「剛才張承動有跟我們說，妳聲帶需要休息，想說話就用打字的吧。」雁筑將放在床邊的手機遞給我，微微皺眉，「話說回來，妳的眼睛怎麼腫腫的？」

接過手機，我迅速地打：「妳們有遇到張承動？」

「對啊，他要我和綵晴好好照顧妳後，就直接走了，可能有事吧。」雁筑點點頭，然後不滿地嘟起嘴，「保健室老師也眞小氣，只准我們其中一個人留下來，上節下課想說來看看情況，看妳還在睡覺只好先走了。」

原來張承勳特地等到雁筑她們來了，才離開。

想到他的貼心，我心不自覺一緊。

沉默半晌，我將目光移到綵晴身上，拿起手機打，「張承勳說，是妳叫他去游泳池的？這是眞的嗎？」

綵晴盯著螢幕上的文字，過了片刻才緩緩地點了頭。

「白羽歆的風評向來就不太好，難保她不會耍什麼手段，結果她果眞沒遵守約定，幸好有張承勳在，否則後果應該會不堪設想。」

她輕嘆氣，繼續說：「語霏，我不是有意要瞞妳，但依妳執拗的態度，連我們要陪妳去妳都不肯了，我怕假如我提議請張承勳來幫忙，妳會堅持要獨自赴約。」

綵晴垂下眼，表情帶著幾分愧疚。

我知道綵晴是爲我好，又怎麼會怪她？我輕搖頭，拍了拍她的肩。

「對了，白羽歆和那些女生呢？」這時我突然想起要追問事情的後續發展。

「她們？當然是心虛地跑回教室啦。」雁筑看到訊息，嗤笑了聲，「張承勳出現後，那些女生全都嚇傻了，只剩白羽歆還算理智，誰曉得這種事她究竟做過幾次，竟然還可以那麼冷靜。」

她一臉激動，接著說：「更可惡的是，在張承勳把妳拉上岸後，白羽歆居然還擋在他的前面，不讓他帶妳走，她大概是想沒鬧出人命一切就都還在控制範圍內吧。」

我不禁鎖起眉頭，「然後？」

「後來嗎？」雁筑眨眨眼睛，神情忽然興奮了起來，「當時張承動抱著妳，發現白羽歆擋在前面，他立刻扳起比戴河俊還冷的臉，叫她們十秒內從他的視線裡消失，否則要她們好自爲之，和平常陽光王子的形象完全不同！」

聽到雁筑的描述，我抿緊了唇。

「白羽歆也不是笨蛋，她知道自己踩到了張承動的底線，就領著那群女生離開，之後張承動就急急忙忙把妳抱去保健室了。」雁筑眉角一揚，語調歡快，「還是公、主、抱呢。」

看到雁筑興高彩烈的表情，我不禁苦笑出聲。

「怎麼了？妳不開心？」見到我的反應，她有些訝異，「妳不是很喜歡張承動嗎？既然他這麼爲妳擔心，想必是很在乎妳吧？妳怎麼會是這種反應？」

綵晴也面帶疑惑地注視著我。

是啊，張承動爲我做了這麼多，很難不讓人誤會吧？

不久前，我也曾幻想過張承動是不是與我有同樣的心意？即便後來得知展嫣的存在，也仍然懷著期望，認爲展嫣可能已經成了過去式。

可我錯了，他心中的空位，從來就不屬於我。

那個位子，一直以來都被同個女孩占據著。

我怯懦地想，今天的局面會演變成這樣，也許該怪我太過貪心，渴望那些不屬於我的一切。或許，當初就不該期待張承勳會喜歡上自己。

看到我面色不對，綵晴擔憂地問：「妳和張承勳怎麼了？」

一旁的雁筑瞬時一愣，仔細地觀察起我的表情。

對上兩人關心的眼神，我努力勾起嘴角，卻有些力不從心。

「我被拒絕了。」我一字一字地打，強迫自己面對事實。

綵晴與雁筑驚訝地瞪大了眼，一時之間，我們都沉默不語。

過了良久，我將事情的大概打出來，並把手機遞給她們。

「我一直以爲張承勳……」

我搖搖頭，示意雁筑別說了。

綵晴這時低下身，輕輕抱住我，溫柔地說：「沒事的，我們都在。」

這句話使我的心一暖。

張承勳曾是照亮我世界的恆星，隨著他的離開，我以爲我的世界會歸於一片寂冷黑暗，但此刻，我知道自己並不孤單。

可我已傷痕累累的心，又該怎麼填補才好？

♥

之後我請了三天的病假。

溺水事件的曝光，也讓先前那些人的種種霸凌行徑也一併被揭露，班導知道事情後相當憤怒，想請雙方家長一起會談，然而我依然堅持希望可以小事化無，班導才就此作罷。

雁筑無法理解我爲什麼不願追究，儘管我明白這樣有點太便宜白羽歆她們了，不過倘若鬧到家長出面，代表事情一定會演變得更加複雜，而我現在只想盡快了結這一切。

再說，學校最後的處分結果，其實也算合理。

白羽歆被強制轉到其他班級，順帶附上一支大過，至於那些一起興風作浪的女生，也被各記了支小過。

這件事很快傳遍整間學校，白羽歆和那些女生自然是聲名狼藉，可是白羽歆對比好像不甚在意，偶爾在走廊上遇見，她還是會朝我投以凶狠的目光，不過已收斂許多，不再隨意對我惡言相向。

在養傷期間，戴河俊也有發關心的訊息給我，爲了避免上次戴河俊在樓梯間等我的情形重演，這次我回得很勤快。

張承勳則每天都會固定傳一則訊息給我，大多是要我好好照顧身體。

我沒有回應，也不知該如何回應。

再回到學校時，已是期末考週。

張承勳不停地找機會想和我談話，我僅是沉默地專心複習考試內容，拒絕與他對話，他試了幾次未果，便直接趴在桌上睡起覺來，反正自習課老師也不會多管。

瞥了眼睡得正起勁的張承勳，我的心卻空空的。

好不容易捱過期末考，張承勳終於找到時機問了我的身體狀況，但我只是草草敷衍幾句，完全沒正眼看他。

這學期終於要結束了。

結業典禮時，禮堂裡悶熱不已，我拉了拉衣服試圖散熱，可惜沒什麼效果。

臺上的教官拿著麥克風滔滔不絕地做安全宣導，讓人無聊地快暈過去。這時教官終於開口公布年級學期整潔成績最後三名，那些可憐的班級必須在暑假返校打掃。

認眞聽完名單，我鬆了口氣，很好，這學期安全過關。

典禮結束後，學生們紛紛快步朝禮堂外移動，談話聲洋溢歡樂，我才有了暑假正式開始的眞實感。

我與綵晴、雁筑討論起待會的行程，我忽然想起我和綵晴還各欠雁筑一碗冰，便提議去冰店，果不其然得到雁筑的附和。

走回教學大樓的途中，我遠望操場，想到前幾天田徑隊的課後訓練因爲期末考而停練，不曉得戴河俊今天會不會留下來練習？

我順手發了則訊息給戴河俊，過了良久，他依然沒有讀取。

「好吃！」在呑下一口冰後，雁筑幸福地瞇起眼睛，不斷讚嘆著芒果冰萬歲，「果然選對學校了，附近有這麼棒的冰店！」

這話惹得我和綵晴忍不住笑開。

敲了她的頭一記，我語帶無奈地問：「妳到底是來讀書還吃冰的啊？」

「都有啊。」雁筑舔了舔嘴角殘餘的糖漿，理直氣壯地說：「如果學校周圍沒有美食，學生怎麼會有讀書的動力呢？所以學校周遭的美食也是很重要的！」

綵晴翻了個白眼，一副服了她的表情。

這時擺在桌上的手機震動了聲，低頭一看，我才發現戴河俊回覆訊息了。

雁筑連忙湊上前，趁我拿起手機前瞥了眼螢幕，臉上浮現曖昧的笑容，「唉唷，我們家語霏好忙喔，連和我們兩個摯友吃冰都不能專心呢，好難過喔。」

「就只會鬧我。」我瞪了眼雁筑，綵晴則在一旁不斷大笑。

吃完冰，雁筑和綵晴知道我要去找戴河俊，就約定好之後再找時間聚會，兩人便搭公車去市區逛街。

大概是已經放暑假的關係，走進學校後，教學大樓一片寂靜，與操場的熱鬧產生了強烈對比，籃球場上也群聚了一群無懼豔陽高照的男生，還有不少人在跑道上運動。

我往操場前進，只見戴河俊正站在終點線上，一邊用手擦去額頭上的汗水，一邊大口喘氣，接著轉身，慢慢跑回起跑線。

「休息一下吧？」我遞過水瓶和毛巾給他，「天氣這麼熱，你不怕會中暑？」

戴河俊似乎沒想到我會來，愣了片刻，才勾起嘴角，伸手接過水瓶，「沒辦法，這幾天田徑隊因爲期末考停練了，但我只要幾天沒跑，就會受不了。」

果然是跑步狂，我輕笑出聲。

「身體還好嗎？」扭開瓶蓋，戴河俊關心地問：「上禮拜我去找妳，才知道妳請病假，應該挺嚴重的吧？」

「你有來找過我？」

他點點頭，「那幾天沒見到妳，我以爲妳是因爲期末考太忙所以沒空，直到白羽歆霸凌妳的事情傳開後，我才知道眞正的原因，本想找妳問問情況，結果發現妳請假了。」

「其實沒什麼啦。」我給戴河俊一個笑容，「三天病假只是聽起來很嚇人而已，那幾天我都在家裡讀書，偷偷補進度。」

戴河俊蹙起眉頭，語氣帶了幾分斥責：「妳怎麼不好好休息，還硬撐著讀書？難道成績比身體還重要嗎？」

我對他吐了吐舌頭，笑著反擊，「你沒資格說我，整天在大熱天下練跑，不也是拿你自己的身體開玩笑嗎？」

戴河俊沒有回應，只是神色緩和不少。

「聽說，當時把妳從泳池裡救上來的是張承勳，妳應該很高興吧？」

我嘴角一僵，笑容不復存在。

戴河俊看我沒了表情，滿臉疑惑，「妳不是喜歡張承勳嗎？他在第一時間救了妳，表示妳在他心中很重要吧？」

我眺望遠方球場上的人，有氣無力地反問：「你也覺得張承勳是因爲喜歡我，才會爲我做這麼多嗎？」

餘光中，我看到戴河俊露出了詫異的神情。

「戴河俊，若是你有了女朋友，你還會對其他的女生好嗎？」我低下頭，喉嚨發緊，聲音也不自覺低了下來。

大概是被我出乎意料的問題給難倒，戴河俊的表情微愣，良久都沒有應聲。

戴河俊從國中開始，便一心只想著跑步，其他應該什麼都沒放在心上，我問他這個問題，根本是白問。

正當我準備叫他別再想時，戴河俊轉頭面向我，神色堅定地答：「不會，我只對自己喜歡的女生溫柔。」

這句話像是對我說，又不像是對我說。

可是我怎樣也無法從他認眞的注視中移開目光。

❤

升上高三後，就代表離大考的日子愈來愈近了。

暑期輔導期間，學校每天都有發不完的考卷、講義和歷屆題本，補習班也不甘示弱地出了許多作業，在複習和進度的雙重壓力下，補習的課程更從一週一堂調整爲兩堂。

想起堆積如山的考卷和講義，我的頭就疼了起來。

原以為暑假必定會有閒暇時間，然而現實卻是我每週僅能抽出一天下午到田徑隊幫忙，多少盡點力，順便暫時逃離考試的苦海。

「戴河俊，你有想過要讀哪所大學了嗎？」分送完水瓶，我在戴河俊旁邊坐下，好奇地問：「感覺你每天都在跑步，沒花什麼時間在讀書上。雖然這樣也沒有什麼不好，可是學測眞的沒問題嗎？」

戴河俊輕笑了聲。

他神色平淡，視線飄向遠方，「我想考體大。」

「眞的？你說國立體育運動大學？」我不由得瞪大了眼。

「嗯，比起讀書，我更喜歡跑步。」

「勇敢追夢也太棒了吧，而且那所學校不是在臺中嗎？聽說在臺中生活很棒呢！」聽到他的答案，我一時之間有些激動，又旋即擔憂了起來，「不過你家人不會反對你讀體大嗎？」

戴河俊搖頭，「他們很支持我。」

「眞好。」聽到戴河俊的回答，我滿是羨慕，「我爸其實不太管我讀書這塊，升學的事我都是和我媽商量，前些日子我說想讀設計系，立刻被否決了。」

「眞的？」

我點點頭，聳了聳肩，「也好啦，我也不認為自己是念設計的料，況且設計系好像要經常熬夜畫圖，我這麼貪睡大概會受不了吧？我還是乖乖讀個普通的二類科系就好了。」

戴河俊沒有表示什麼，只是笑了笑。

關於未來，我一直很茫然，讀了這麼久的書，接觸這麼多領域，可我連自己的興趣和方向都無法確定。我很羨慕像戴河俊那樣擁有明確目標，能全心全意朝夢想前進的人，我卻還像根隨海流載浮載沉的浮木，毫無方向。

「妳這麼快就放棄，就代表妳沒有想像中那麼喜歡設計系吧？」戴河俊的聲音將我的思緒拉回現實，「慢慢來吧，總有一天妳會知道自己眞正想要的是什麼。」

「但是學測就要到了，我連想讀的科系都還沒有頭緒。」

我的腦袋總是轉得太慢，時間卻走得太快，常常到了最後關頭才開始煩惱。

「緊張什麼，說不定妳還有一年的時間可以慢慢想，到時候照成績依序往下塡不就好了？」戴河俊笑著調侃，我則朝他的頭頂敲了一記。

這傢伙竟然詛咒我考指考！

原本想罵他幾句，耳邊忽然傳來集合的哨音。

「加油。」我揮揮手對戴河俊打氣。

他點頭後，轉身朝教練走去。

午後的陽光有點刺眼，我反射性地瞇起眼睛，一陣暖風迎面吹來，我坐在跑道邊，享受這難得的悠閒，嘴角微微揚起。

正當我低頭準備今天數學的小考範圍時，一道熟悉的聲音倏地從後方傳來。

「早。」

扭頭一看，見到是張承勳，我也回了聲：「早。」

暑輔過後，我試著不再躲避張承勳，儘管我們現在不若以往那般熟絡，但還是維持不錯的關係，偶爾依然會一起蹺課去Ocean。

綵晴曾擔憂地問我，維持這樣的聯繫會不會很痛苦，其實確實有一點，不過只要能陪在張承勳身邊，那點痛也不算什麼，更何況，痛久了就會麻痺。

即使那些放縱自己大哭的畫面在我腦中仍如此鮮明，可是人生依舊需要向前邁進。

新學期開始，老師也重新調整了座位，張承勳被調到教室最後排，離我的位子有段距離。

趁著這次，我終於可以下定決心讓自己也重新開始。

「這題怎麼解啊，解題步驟寫得這麼簡單，我哪看得懂？」雁筑不悅地翻閱剛發下的模擬考解答，嘟囔著：「廠商真小氣，解答那麼薄，還有幾題連寫都沒寫，是不是想要壓低成本啊？」

「妳怎麼不想人家是環保愛地球，減少碳排量？」我勾起嘴角反駁。

「什麼愛地球？他們才沒這麼有良心咧。」雁筑不以為意地冷哼了聲，翻了翻解答，最後乾脆把它塞進抽屜，「不看啦，反正也不會，不如等老師檢討的時候再問清楚。」

看到她誇張的動作，我和綵晴笑了起來。

高三的日子雖然煩悶，卻因爲有朋友的陪伴而多了幾分趣味。

改完答案，我望向黑板上的考試倒數天數，不由得嘆了口氣。

時間走得太快，不知不覺間，我們都要前往各自的未來了。

準備離開教師辦公室時，國文老師忽然叫住我：「語霏，幫老師把這些作業搬回教室發下去好嗎？」

我走到那疊作業前，她略微擔憂地說：「好像有點多，要不要找個人幫妳？」

我估量一下眼前的作業，認爲自己就能應付，便直接抱起作業，「不用，我一個人就行了。」

走出辦公室沒幾分鐘，我的手臂就開始發痠。

抬起頭，瞥了眼仍有一段距離的教學大樓，我不禁嘆了口氣，埋怨起總是愛逞強的自己。

我試著將頂端幾本快要滑落的作業移回原位，結果有一本就直直地掉落在地板上。

我哀怨地緊盯著地板上那本孤伶伶的作業，按捺住咒罵的衝動，正準備蹲下身卻有個人倏地站定在我面前，我疑惑地抬起頭，熟悉的臉龐就這麼映入眼底。

在我愣神之際，他已撿起掉落在地上的本子，將它放到那疊作業的最上方。

「張承勳？你怎麼在這裡？」我訝異地看向他。

張承勳這陣子不是整天待在座位上睡覺，就是跑到頂樓吹風，再說他沒有擔任班上任何職務，沒什麼理由會出現在行政大樓。

「睡不著，想說出來走走。」他聳聳肩，目光落在那堆作業上，逕自伸手抱走了一大半，「老師也太壞心了吧？居然要妳搬這麼重的作業。」

「是我自己說沒問題的。」我連忙澄清，向前踏了一步，打算接回那些本子，「還我吧，我可以的。」

「手都紅成這樣了，我怎麼可能讓妳自己搬回教室？」張承勳皺眉反駁，身體微側，不讓我碰到那些作業。

我緊抿嘴，直盯著那些作業。

「就讓我練練臂力吧。」他見我沉默，彎起嘴角調笑，「我正愁太久沒運動，手臂上的肌肉全都鬆掉了。」

張承勳的話使我笑了起來，我捏起他手臂上的肉，「這些肥肉應該能賣到不錯的價錢。」

「什麼不錯？」張承勳冷哼一聲，彈了下我的額頭，「這可是價值連城的肉呢。」

我翻了個白眼，沒和他爭辯下去。

儘管換了座位，互動少了些，張承勳依然和以前一樣，對我的態度始終沒變。

縣賽即將到來，這幾日田徑隊延長了練習時間，準備把握最後機會衝刺，經過暑訓的磨練，隊員們的成績都明顯進步了許多。

教練看完我整理好的紀錄，直誇我資料整理得很好，叫我乾脆別再當地下經理了，直接當田徑隊的正式經理。

雖然獲得教練的認同很高興，我仍婉拒了，畢竟學測在即，我實在沒有多餘的精力。等到縣賽結束，我打算把所有心思投注到課業中。

除了想藉由讀書來忘掉張承勳，也是怕又有人誤會我和戴河俊的關係。

霸凌事件曝光後，我跟戴河俊的關係又被拿來議論，加上先前的蛋糕事件，便有許多人謠傳白羽歆會這麼做，正是因爲戴河俊和我是男女朋友。

聽到那些似是而非的謠言，我既無奈又好笑。

「在想什麼？」戴河俊在我旁邊坐下，好奇地問有些愣神的我。

我先是嚇了一跳，然後看向他，「沒什麼啦，剛剛教練問我，有沒有意願正式接下田徑隊經理的職務，不過我衡量之後還是拒絕了。」

「爲什麼？」他的眉間微微皺起。

「因爲要專心讀書啊。」我略帶無奈地苦笑，「我的基礎不夠好，所以想趁剩下的時間，把學測的考試範圍再系統性地複習一遍。」

他點點頭，贊同了我的決定。

「對了，十月底的縣賽，妳會來嗎？」他目光眞誠地看著我。

「應該會吧，再怎麼說我好歹也算是地下經理。怎麼了嗎？」

「沒有，只是想確認妳會不會來。」他嘴角一勾，語氣似乎比往常多上幾分溫度，「而且我希望妳能到場。」

戴河俊的話使我的雙頰瞬間一熱。

「也是啦，我都陪你練習這麼久了，少個跑腿的很不習慣吧？」別開眼，我試圖掩飾自己有些尷尬的表情，「但是我和田徑隊一起去好嗎？要是被別人知道，誰知道又會傳出多少版本的謠言。」

「會嗎？」他聳聳肩，一臉不以爲然的模樣。

「戴河俊，我知道你向來不太理會這些事，不過也該爲我想想吧？」我輕輕嘆氣，「誰知道你那群粉絲聽到謠言，會不會又要找我算帳？你不介意，我倒很介意。」

面對我的抱怨，戴河俊忽地輕笑，「我是不想理會那些謠言，可是不代表我不在意。」

「那爲什麼——」

他又開口打斷我還沒說完的話，「如果謠言的對象是妳，我無所謂。」

聞言，我腦袋鬧烘烘得完全無法思考。

過了幾秒，我抬眼對上戴河俊的眼眸，不自覺抓起衣角，「……戴河俊，你該不會喜歡我吧？」

他看向我，沒有說話。

「你別不說話啊，我隨便問問而已。」我一陣心慌，勉強乾笑了幾聲，拍拍戴河俊的肩膀，「好啦好啦，你當我自戀，聽聽就忘了吧。」

戴河俊依然沉默，專注的目光執拗地停駐在我身上。

沒過多久，他揚起嘴角，緊緊抓住我的手，「是又如何？」

聽到戴河俊的回答，我身體頓時一僵，想縮回手，但他絲毫不放。

「我是喜歡妳，既然知道，就別再躲了。」

我臉一紅，撇開頭，不敢再看向他。

在他鬆開手後，我倉皇地快步跑開。

手腕殘留的餘溫久久無法散去，時時刻刻提醒我戴河俊突如其來的告白。

我愣愣地望向方才還灰暗的天空，原以爲會是大雨將至，此刻濃厚的雲層卻透出幾絲陽光來，令人捨不得移開視線。

Chapter 4

轉眼間，秋天已悄悄到來。

前陣子天氣還和夏天沒兩樣，想不到這週溫度驟降，就像跳過了秋天直接進入冬季。

跑完體育老師規定的圈數後，綵晴和幾個同學一起去打排球，我與雁筑則坐在操場旁的樹蔭下聊八卦，在雁筑激動地說起最新緋聞時，我的視線不由自主地頻頻朝跑道移去。

「我是喜歡妳，既然知道，就別再躲了。」

回想起戴河俊那天的告白，我的心跳又漏了好幾拍。

他的聲音平淡一如往常，聽在我耳裡，卻使我心中激起了驚濤駭浪。

雖然戴河俊要我別躲，不過這幾天的課後訓練，我總下意識迴避他的目光，原本自然的互動，也在知道他的心意後略顯彆扭。

面對我態度的轉變，戴河俊居然顯得十分開心。

「其實妳很在乎我吧？」他眼帶笑意接過我遞去的水瓶，語氣肯定地對我說。

我只好趕緊去幫其他隊員拿水，深怕再待在他身旁，心臟會承受不住過於飛快地跳動。

戴河俊的直接總是令我手足無措……

反覆掙扎了幾天，我決定將戴河俊向我告白的事告訴雁筑和綵晴。

「沒想到戴河俊那座大冰山，竟然也會有喜歡上人的一天，這實在是太震撼了。」雁筑眼神發亮，激動地抓住我的肩膀。

我忍不住爲戴河俊辯解，「其實戴河俊人很好，相處久了就會發現，他是因爲個性外冷內熱才容易讓人誤會罷了。」

「只有妳這麼認爲吧？」雁筑瞇起眼睛，嘿嘿地笑了幾聲，「因爲妳對戴河俊來說很特別，當然會和其他人得到的待遇不一樣啊，他的溫柔應該只有妳能享受到吧！」

雁筑的話使我感到一陣迷惘。是這樣嗎？戴河俊在我面前眞的那麼不同嗎？

「所以，妳還是要去縣賽？」坐在一旁始終沉默的綵晴忽然問。

「……我不知道。」

「那張承動怎麼辦？」綵晴神情嚴肅地看著我。

我腦中頓時一片空白，說不出話來。

「難道妳眞的打算放棄張承動？」綵晴的語氣緩和了些，表情夾雜了幾分無奈，「妳的眼神告訴我，妳還沒有完全死心，對吧？」

我斂下眼簾，不敢對上綵晴的目光。

「妳不怕張承動聽到風聲後誤會嗎？」

「就算我放不下又如何？」我的鼻間一酸，即使極力克制，聲音仍微微顫抖，「他都有女朋友了不是嗎？誤不誤會都無所謂了吧？而且我一直對他死纏爛打，或許他早就厭煩了也說不定……」

「不會的。」綵晴語調堅定，直接打斷我的話，「張承勳不會討厭妳的。」

我疑惑地反問：「妳怎麼知道？」

她彎起嘴角，肯定地說：「因爲眼神是不會騙人的。」

❤

縣賽當天，我依然準時到場。

原本我已經決定要在家裡爲模擬考做準備，之後再確認賽況就好，不過教練不斷勸我去縣賽替選手們加油，認爲我的參與可以讓田徑隊更加團結，最終我點頭答應了，畢竟在不知不覺中，田徑隊裡的成員都成了重要的夥伴，我這個地下經理，實在無法在關鍵時刻棄他們於不顧。

知道我的決定後，綵晴只說會尊重我的選擇。我們三個本來要一起去看縣賽，綵晴家裡卻臨時有事，只剩我和雁筑能夠參與。

「我先去觀眾席挑個好位子，妳加油。」到了比賽會場，雁筑見我在忙田徑隊的事，笑著向我打氣後就先離開了。

田徑隊的隊友們則正在熱身，每個人都是一臉躍躍欲試的樣子。

「怎麼妳的表情比大家還緊張？」戴河俊的聲音從背後傳來，我轉過身，見他滿臉笑容朝我緩緩走來。

我侷促地低下頭，正想找個藉口離開，他又開口：「妳也躲我夠久了吧？」

戴河俊的話使我腳步一滯，只好留在原地。

我頭也沒抬，緊盯地板，「大家爲了縣賽練習這麼久，我很怕他們忽然出狀況，或是最後結果不夠理想……」

「若是眞的發生這種事，那只能怪自己運氣不好。」戴河俊輕笑了聲，「有時候運氣也是一種實力，當天身心狀況如何，有沒有突發狀況，都是無法預知的。」

我沒有回話，仍然直直注視著地板。

他嘆了口氣，「雖然這個時間點可能不對，但我想告訴妳一件事。」

「什麼事？」

他似乎有點猶豫，沉默了半晌，才慢慢地說：「張承勳前幾天有找過我。」

聽到那個名字，我不禁抬頭看向戴河俊。

「果然，只有提到張承勳的時候妳才肯看我。」他的神情略微黯淡，嘴角的笑意帶著幾分無奈，「他來找我，除了加油之外，還和我談了關於妳的事。」

「……什麼事？」

這時戴河俊別開視線，目光游離地望向遠方。

「他要我好好珍惜妳。」過了許久，他再次開口。

珍惜我？

深吸了一口氣，我試圖忽視被這短短的語句刺得千瘡百孔的心，可內心不斷湧現的悲傷，卻怎麼也止不住。

想起這些日子，張承勳待我即使不如以往那般親近，倒也不失溫柔，我一度可笑地認爲自己或許還有希望，但如今戴河俊的話，將一切的可能全都抹煞了。

忍住想哭的衝動，我似笑非笑地諷刺，「所以呢？你是希望我徹底死心，然後順從張承勳的意願，接受你的心意，是嗎？」

「我是希望妳死心沒錯，因爲這樣妳才會注意到我。不過我沒有想要妳因此接受我的告白。」戴河俊向前踏了一步，我們之間的距離瞬間縮短，「當然，假如妳想利用我來忘掉張承勳，我也不會拒絕。」

我滿臉錯愕，直接伸手推開他，「戴河俊，現在不是開玩笑的時候。」

「我沒有在開玩笑。」他的語氣如此認眞，我不得不看向他，「我之所以在比賽前和妳說這些話，就是想問妳，如果我順利在縣賽中拿下冠軍，妳能不能答應我，從此好好正視我的心意？」

再次面對戴河俊眞摯的告白，我依舊不知該如何回答。

我移開目光，搖了搖頭，「戴河俊，你很傻。」

「我也只對我喜歡的人傻。」他的聲音低啞，透露出一絲苦澀。

他的話使我胸口一緊，隱隱作痛。

縣賽的活動行程，比我想像中還更緊湊。

這次田徑隊出賽的選手共有六位，雖然人數不多，我卻已忙得不可開交，除了遞水、記錄外，還得跟教練去探查對手的狀況，因此沒有多餘的空閒陪雁筑。

我趁短暫的空檔，傳了則訊息向雁筑道歉。雁筑要我別介意，好好加油，順帶調侃我這地下經理根本早就該扶正，東奔西跑的，她在觀眾席瞧得一清二楚。

戴河俊的出場順序比較後面，聽說去年季軍在預賽中與他同一組。

不過為了公平起見，縣賽是以個人成績來決定決賽資格的，所以不用太過擔心，何況以戴河俊平時的表現，想進決賽簡直輕而易舉，然而從他認眞的表情看來，他好像連分組賽的第一也不願放過。

「如果我順利在縣賽中拿下冠軍，妳能不能答應我，從此好好正視我的心意？」

我和戴河俊的談話因為教練的到來，就此結束。

我不禁慶幸當下沒有衝動地直接回答，倘若我直截地拒絕了，也許會影響到他接下來的比賽……然而答應的話，這又是我所希望的發展嗎？

這幾個禮拜我之所以會迴避戴河俊，就是希望時間可以沖淡那句告白，讓我們回到最初純粹的朋友關係。

我卻忘了，這件事並不是我一人說了算，而戴河俊似乎不希望就此結束。

想到這裡，我的頭又疼了起來。

這時司儀開始介紹起各跑道選手，我探頭便見戴河俊站在起跑線上，面容嚴肅地輕輕活動著腳踝，去年季軍很巧的就在他隔壁跑道，雖然沒有對視，但兩人之間彷彿有著看不見的火花，隨著場邊熱血鼓舞的加油聲，愈演愈烈。

「預備——」裁判高舉手，所有選手瞬間弓起身，屏息凝神地等待。

下一秒，槍聲響起，各個選手朝終點線直奔而去，其中有兩道身影脫穎而出，兩人不分軒輊，幾乎同時穿過終點線。

是誰先到？在場的人交頭接耳，低聲議論著同樣的問題。

這個答案除了大會的紀錄外，大概只有他們兩個選手知道了吧。

戴河俊回到休息區，田徑隊的隊員們紛紛湊上前，直誇他表現亮眼，想必能輕鬆進入準決賽，戴河俊笑著勉勵其他隊友，說要一起擠進決賽，摘下縣賽前六名。

「你狀況不錯。」我遞了瓶水給戴河俊。

他彎起嘴角，接過水，「不躲我了？」

我翻了個白眼，無奈道：「如果一直躲你，我要怎麼幫教練忙啊？」

「早就叫妳別躲了，是妳自己愛躲。」戴河俊不以為然地挑眉。

我沒有繼續與他爭辯下去，轉身開始分送運動飲料。

「高中男子組，一百公尺預賽結果——」好不容易有空閒，才想坐下休息，我的耳邊突地傳來司儀的聲音，大家原本還有說有笑，也頓時安靜了下來。

當隊員們聽到冠軍不是戴河俊時，皆忍不住發出嘆息，令人意外的，冠軍同樣不是去年那位季軍得主。

「戴河俊。」低迷的氣氛在司儀念出戴河俊的名字那刻，瞬間活絡了起來。

即使沒能拿下預賽冠軍，戴河俊還是跑出第二名的好成績，秒數和冠軍僅差零點二秒。

「恭喜你耶，戴河俊。」我高興地跑上前祝賀，「眞可惜，只差那麼一點。」

他一臉嚴肅地搖了搖頭，「謝了，只是這零點二秒，也讓我明白，自己和對手仍然有一段差距。」

「剛剛說過的話，妳沒忘記吧？」戴河俊語氣忽然一轉，面上泛起了微笑。

我一愣，疑惑地反問：「什麼話？」

「如果我順利在這次縣賽中拿下冠軍，妳就得正視我的心意。」戴河俊嘴角的笑意沒有褪去，然而神情十分眞摯，令人無法懷疑他的決心。

我嘟囔：「喂，我不記得我有答應過你喔。」

無視我的抗議，他聳聳肩，轉身逕自朝教練走去，我只能乾瞪著他的背影，無奈地嘆氣。

在稍後的準決賽中，儘管戴河俊拿下了分組賽第一，不過以總秒數來看，依然輸給預賽的冠軍，至於田徑隊其他人，有兩位在首輪賽就被淘汰了，剩下的兩位，其中一個順利進入決賽，另一個則以零點零三秒之差，飲恨吞敗。

教練沒有責備他們，反倒豪爽地笑了幾聲，拍拍肩膀要他們明年再來，在準決賽遭到淘汰的學弟聽到這句後不禁流下了眼淚。

雖然不忍，我也沒多說什麼。

趁總決賽開始前的空檔，我溜到觀眾區打算找雁筑聊個天，卻找不到她的蹤影，也許她是去吃午餐了，我正準備起步離開時，一道身影與我擦肩而過。

如同即視感般，一股難以描述的熟悉，使我情不自禁地回頭。

那人注意到我的目光，亦停下腳步，他戴了一頂棒球帽，帽沿遮住了大半的面容。

在他微微側身抬頭時，我試圖看清那張臉龐，意外對上了那雙再熟悉不過的眼眸。

我直愣愣地杵在原地，不自覺喊出他的名字，「……張承勳？」

相較於我有點誇張的反應，他倒顯得很鎮定，他勾起了嘴角，「妳果然在這。」

看著張承勳的笑容，我瞬時無法言語。即便他嘴角的弧度依然彎得那麼好看，卻揉雜了幾絲悲傷和無奈。

我別過頭不敢再看下去，但在見到他的那刻，我知道自己的心又再次動搖了。

收起錯愕，我深吸了一口氣，故作鎮定地問：「什麼意思？」

「我只是想，這麼重要的比賽，妳應該會來幫戴河俊加油。」張承勳語氣平淡地解釋，「聽說戴河俊的個性是冷了些，不過實際相處後，會發現他其實挺好的。」

聽到他的話，我的眉頭微微皺起，「你想表達什麼？」

他沒有回話，僅是深深地凝望著我。

「我會來這裡，是因爲這段時間我一直陪著田徑隊練習，所以想爲他們加油，而且教練也請我幫忙處理一些瑣事，免得他們忙不過來。」我心中頓時有些疲憊，眉間又鎖得更緊了，

「這些都是我來這裡的原因，你爲什麼要強調我是爲了戴河俊？」

張承勳倏地別開視線，「因爲他喜歡妳。」

我抿唇不語。

「戴河俊對妳有多珍惜，我看得很清楚。」見我沒有回應，張承勳緩聲說：「他是個值得喜歡的人，妳就好好正視他的心意吧。」

聽到張承勳一字一句說出那些自認爲替我著想的話，我的心彷彿被狠狠摔落在地上，一時之間，究竟該生氣或難過，我也分不出來了。

「張承勳……你現在是把我當成見一個愛一個的女生嗎？想起來還眞好笑，當初因爲我和戴河俊走得太近生氣的是你，現在向我推銷起他的也是你。」我諷笑出聲，「還是你眞正想說的是，你因爲拒絕我的告白而感到愧疚，所以想把我推向戴河俊，以消除你心裡的罪惡感。」

張承勳神色一黯，低下頭，不願回應。

「被我猜對了？」看到他的反應，我冷哼了聲，「張承勳，你眞的很殘忍，就算戴河俊對我再好，也不該是由你來對我說。」

垂下眼眸，我試著掩飾濕潤的眼角，「你是不是以爲我笑著，就代表已經放下了？你根本不明白，我是抱持怎樣的決心，才能繼續和你維持朋友關係的。」

「我就是知道妳難受，才希望能有更好的人陪妳！」張承勳突然抬頭，情緒略微失控地說：「我怎麼可能想把妳推向戴河俊呢，我當然不想！」

「但我也不能自私地在拒絕妳後，又貪求妳的喜歡，因爲我眞的無法回應這份情感……」

他的神情已稍微冷靜，卻仍透露出幾分掙扎，「雖然我和戴河俊不熟，不過我能感受到他是眞心地——」

「眞心地喜歡我？」我打斷他的話，氣得再次笑了出來，「所以特地跑去找戴河俊，要他好好珍惜我，是嗎？」

他平靜地回問：「他跟妳說了嗎？」

「說了，他還是在比賽前向我坦白，多有勇氣啊。」

張承勳別過頭，不願再看我。

見他如此，我嘴角僵硬的弧度怎樣都無法收起，眼眶中的淚瞬時落下。

「就如你所願吧。」

我破碎不堪的心，再次被狠狠捏緊，這次，似乎眞的再也無法感到疼痛了。

「幫我跟戴河俊說聲加油。」張承勳留下這句話，頭也不回地離開了。

愣了幾秒，我才回過神來查看時間，發現離檢錄僅剩十分鐘，我趕緊抹去眼角的淚水，快步跑回休息區。

還沒接近時，我就看到大家都圍在戴河俊身邊。本以爲是在替戴河俊打氣，走近一看，只見大家皆滿臉凝重，特別是平時和藹的教練，此刻的表情是我從未見過的嚴肅。

「怎麼了？」發覺氣氛如此沉重，我擔憂地悄聲問起一旁的學弟。

學弟還來不及回答，教練先開口了：「我不准你出賽。」

我這才意識到事情的嚴重性，隨即把學弟拉到旁邊，叫他向我解釋事情的來龍去脈。

原來在中場休息時間時，戴河俊想在決賽前好好放鬆心情，就在體育館周圍散步。沒想到，正巧補掛旗子的工作人員也在附近作業，他們因為操作不慎使得鐵梯傾倒，心不在焉的戴河俊也沒來得及閃避，被砸中了腳，儘管傷勢不重，但依然有輕微的扭傷。

教練知道後，自然勸戴河俊好好休息，然而他仍不肯退賽，因此兩人就這麼對峙著，誰也不讓誰。

學弟說完時，我朝戴河俊的腳一望，便看見他明顯紅腫的腳踝。

「戴河俊，你還是別跑了吧。」我快步走上前，擔憂地對他說：「現在或許只是扭傷，可你這樣硬撐著去比賽，誰知道會不會惡化。」

他沉默地瞥了我一眼，又別開視線。

「戴河俊！」見他迴避的態度，我著急地想再勸他，結果教練忽地伸手阻止了我。

「戴河俊。」教練斂起嚴肅的神情，輕輕嘆氣，「你要知道，今天你無法出賽，我也不好受，但你有想過我堅持不讓你上場的原因嗎？」

戴河俊抬起頭，面色十分掙扎，「教練，我明白你的顧慮，可是我已經高三了，今年是最後一次參賽，我不想在最後關頭放棄。」

聽到戴河俊的解釋，教練提高了音量，厲聲道：「你現在不顧一切決定參加，不怕以後永遠不能跑嗎？」

教練的話，使戴河俊垂下頭。

「我當然明白這樣很可惜……但是你有沒有想過，假如傷勢惡化了，明年的全中運你又該怎麼辦？」教練皺起眉頭，搖搖頭，「縣賽固然重要，不過我們的目標是全中運啊。」

戴河俊依舊低著頭。

「這樣你還是堅持要上場嗎？」

戴河俊緩緩抬頭，看向一臉擔憂的教練，猶豫良久，他閉上眼堅定地點頭，「……對。」

此話一出，學弟們連忙勸戴河俊沉住氣，他們也不希望隊上的主將，因爲縣賽失去未來的大好前途。

「妳也和他們一樣，希望我別去嗎？」戴河俊轉過頭，語氣平淡地問我，眼裡卻帶著失落。

其他人的目光，也隨著他的話移到我身上。

「經理，妳幫我們勸勸學長吧。」學弟們拉住我的手，向我懇求。

我看向學弟，又把視線移向戴河俊，他們都神情緊張地等著我的回答。

我知道戴河俊的心裡，其實比誰都還要難受。

他花了多少心力投入這次的比賽，大家都有目共睹，更何況這還是他最後一次參賽。

即使不忍，我還是試圖用事實勸阻他，「可是以你現在的狀況，也拿不了冠軍啊？」

「我知道。」戴河俊眼神一黯，聲音很輕，「不過比起冠軍的位子，我更沒辦法接受自己因爲受傷，錯過最後一年縣賽。」

我沒有多說什麼，而是點了頭。

「去吧。」我認眞地說。

「什麼?」

「你都已經下定決心了，即便我們再怎麼勸你，也是徒勞無功。」

「妳生氣了?」他眉頭微擰起。

我搖搖頭，「我只是想與其阻止你，不如支持你，讓你毫無顧慮地放手一搏。」

聽到我這麼說，戴河俊終於揚起了笑容。

這時主席臺傳來檢錄的通知，戴河俊起身走到教練面前，深深地向他鞠躬道歉。

教練淡淡地說不後悔就好，拍了拍他的肩，說了聲加油。學弟們也趕緊替他打氣。

田徑隊隊員們的目光，全聚集在戴河俊身上。

臨走前他忽然停下腳步，扭過頭看我，「妳不幫我加油嗎?」

「嗯，加油!」

戴河俊面容上笑意又更深了些，「妳知道嗎?我之所以堅持出賽，不光是爲了自己。」

「什麼?」

我仍尚未反應過來時，他又接著說：「也是爲了妳。」

他的聲音和話語是如此的誘人，好似裹著糖衣的毒藥，不禁令人迷了心，也失了方向。

戴河俊輕笑了聲，轉身離開，留下迷茫的我，佇立在原地凝視著他離去的背影。

「學姊，還愣著幹麼?決賽都要開始了耶。」學弟的聲音讓我回過神來，這才發現選手們早已動身前往跑道。

我瞥向身旁的教練，雖然他之前極力反對戴河俊出賽，此刻他的眼神卻隱隱透出很深的期望。

賽場中，選手們紛紛站上跑道。總決賽的選手總共有六人，在戴河俊隔壁跑道的，恰好是預賽和準決賽的第一名，只見那人神情自然，想必對總決賽也有十足的把握。

戴河俊說過，百米賽跑中的零點一秒就代表了巨大的差距，即便他在後來的準決賽中有將秒數差縮短，終究還是輸了。面對這樣的勁敵，加上戴河俊的腳傷，我實在無法預料最後的結果會是如何。

隨著裁判的預備聲，選手們弓起身子，擺出起跑的姿勢，原本吵雜的場面立刻安靜下來，一股緊張的氣氛瀰漫在空氣中，使人不禁屏氣凝神地等待著那道宣告比賽開始的鳴槍聲。

「砰——」一聲槍響，選手們個個宛如子彈般，朝終點線直奔而去，轉眼間，六道身影都已經到了跑道中段，幾乎呈一直線。

縱使速度很快，我依然注意到，戴河俊的起跑比其他選手稍慢了些，槍響的剎那，他因爲腳傷無法跑出平常的速度，使他重心不穩，雖有立刻調整回來，可向來以起跑取勝的他，卻在此時失了優勢。

難以想像僅是輕微的扭傷，影響竟會如此之大。

眼看所有選手就要抵達終點了，儘管說是難分軒輊，然而準決賽第一的選手，仍以些微之差暫時領先，戴河俊則稍處劣勢，相較於其他選手，他確實慢了一點。

就那麼一點。

我從未見過戴河俊緊咬著牙，這般猙獰的模樣，這一刻我才明白，他是下定了多大的決心，才選擇帶傷參賽。他要對抗的並不只有身旁的敵人，還有他的腳傷和他對得到冠軍的期望，生理與心理上的巨大壓力。

看到拚盡全力的他，我不由得握緊了拳頭，扯開喉嚨大喊：「戴河俊，加油啊！」

那一刻，戴河俊的步伐似乎又快了些，在最後衝過終點線的剎那，追上其他四名選手，雖不至於落後，卻不知道名次會是如何。

比賽結束的同時，現場的氣氛再度沸騰了起來，大批人潮往終點線的方向湧去，祝賀聲四起，主席臺也迅速地宣布了比賽結果。

儘管沒能拿下冠軍，戴河俊還是克服了腳傷，爭氣地奪得殿軍。

「恭喜你！」我笑盈盈地走向戴河俊。

學弟們紛紛開心地歡呼著，教練也滿臉讚賞。

「聽好了，接下來我要罰你好幾個禮拜都不准練習。」教練先是扳起面孔故作嚴肅，隨即重展笑顏，「誰叫你不聽我的話，堅持要上場，這陣子給我好好休息，順便收心，知道嗎？」

戴河俊勾起嘴角，「是，教練。」

他們的對話惹得田徑隊隊員們都笑了，縱使不是冠軍，但大家仍然爲戴河俊無比驕傲。

這時，一旁的褐髮男生忽然走上前，我仔細一瞧，才發現他是今天比賽的冠軍。

「你很厲害。」他輕笑著，開口向戴河俊搭話：「賽前我就設想過，這場比賽中我的最大勁敵應該會是你。」

下一秒他將目光移到戴河俊的腳上，「你的腳，受傷了吧？」

戴河俊一怔，然後點頭。

「果然，剛剛檢錄時，我就注意到你走路姿勢不太對勁，後來起跑的瞬間，我更確定你的腳出了問題。」他一臉猜對了的表情，「預賽時我在場外看過你的起跑，很漂亮，決賽卻沒有那種感覺。」

「是嗎？我倒羨慕你的瞬間爆發力。」

「人各有所長嘛，不然比賽不就會很無趣？」他再度笑了起來，拍拍戴河俊的肩膀，認眞地說：「等你把身體調好，明年的全中運，我們再好好一決勝負！」

聽到這番話，戴河俊也開心地笑出聲，「嗯，全中運見。」

「全中運見。」褐髮男生說完，轉身走進人群當中。

頒獎典禮結束後，戴河俊因爲腳傷的關係跟我留在休息區，沒和其他隊員去看跳高比賽。

他望著遠方，倏地嘆了口氣，神情惋惜。

「幹麼嘆氣啊？」

「因爲沒能拿下冠軍。」他的聲音聽起來有幾分無奈。

「有殿軍就很不錯了。」我看出他的低落，開始鼓勵他，「而且在大家眼中，你的表現就是冠軍。」

他轉過頭，語氣無比認眞，「但我們約好的是拿下冠軍。」

我搖了搖頭，對上了他的視線，臉上泛起苦笑，「戴河俊，你就這麼喜歡我嗎？」

他沒有回答。

「其實在比賽開始前，我就想過，即便你最後沒能拿下冠軍，我依然會收下你的心意。」

說完，我身體往前一傾，抱住了戴河俊。

那瞬間，他的身體微微顫抖，下一秒他伸出手，用力地將我攬入懷裡。

他的擁抱那麼緊，卻又如此小心翼翼，好似擁著最珍貴的寶物般。

良久，他的語調仍有一絲不安：「……妳這麼說，不怕我誤會嗎？」

我輕拍他的背，輕笑了聲，「不怕啊，因爲這就是我的答案。」

戴河俊把我抱得更緊，久久不語。

「其實我大概知道妳會答應我的原因，同情我也好，想忘掉張承動也罷，只要妳能接受我，是什麼理由都不要緊……」

戴河俊的眞切，使我的眼角泛起了淚意。

其實我會接受戴河俊心意，不單單和張承動有關，更是因爲我在這場比賽中，看到戴河俊爲了我和他的夢想，那種不顧一切的堅定。

我從沒想過，他竟是如此期盼我能正視他的心意，想到他傻氣的衝動，我無奈地揚起了嘴角。

這時戴河俊放開了我，一臉眞摯地與我四目相接。

好像過了很久，他才下定決心開口：「有件事，我想對妳說。」

「什麼事？」

戴河俊將手覆上我的手掌，緊緊地扣住，「好不容易牽起的手，我可沒打算輕易放開。」

我一愣，這一刻他認真的雙眸頓時占滿了我大半的心思。

低下頭，我忍不住笑了，「我知道。」

戴河俊的喜歡，太過執拗，又傻得認真，令人感動卻又有些不忍。

♥

很快的，我和戴河俊交往的事傳遍了整間學校。

縣賽結束後，教練高興地直說要請客，最後我們便一同前往附近的壽喜燒店。

聚餐時，幾個眼尖的學弟注意到我與戴河俊之間的氣氛似乎比以往親密了些，就好奇地問起我們兩人的關係。

面對學弟的疑問，戴河俊沒有直接回答，而是猶豫地朝我望了一眼，他大概是怕我認爲現在不適合公開，所以把決定權交給我。

他的貼心舉動，讓我更不願委屈他，於是我扯開嘴角，牽起他的手，向眾人坦承我們正在交往。

他們高興的歡呼著，但似乎不怎麼驚訝。

「你們好像都很鎮定耶？」我皺起眉頭和戴河俊對看，他也是一副疑惑的樣子。

其中一個學弟聳聳肩，不以爲然地答：「大家都知道學長對學姊特別好，我們本來就覺得你們遲早會交往。」

聽到學弟的話，我才驚覺，原來戴河俊待我的好，居然這麼明顯？過去的我卻一直毫無自覺地享受他的溫柔嗎……

見我沒有隱瞞的打算，消息便從田徑隊學弟的口中傳了出去。

我倒沒有生氣，只是在事後念了他們幾句，反而是戴河俊為此擔憂不已，他深怕他的那群粉絲又要針對我。

我想有白羽歆這個前車之鑑，那些粉絲就算有動作，應該也不敢太過誇張。

說起來，我還真的要感謝白羽歆的事件為我擋去不少麻煩。

不出意料，白羽歆在知道我們交往的消息後，傳了幾則訊息警告我，要我別太得意忘形，甚至還放狠話說這段感情不會維持太久，她會等我們分手的那一天。

原本我沒打算理會，然而在看到最後一句訊息時，竟不由自主地點開對話。

「妳根本就不喜歡戴河俊，妳只是在利用他罷了。」

這句話就像刺進心坎般，刺向我深深的愧疚中，令我疼痛不已。

雁筑聽到消息後，開心地說要替我開個脫單派對，好好慶祝一番，綵晴雖然是笑著祝福我，不過她的眼神裡卻隱隱透出擔憂。

我明白她的憂慮來自何處，不過我不打算講明，或許和白羽歆一樣，綵晴也認為我是個殘忍的人吧？

但我沒問，也不敢問，只能假裝自己沒看見。

「瞧妳樂得跟什麼一樣，我現在可是高興不起來啊。」看到雁筑燦爛的笑容，我拿起自動筆戳了她的額一下。

她吃痛地叫了聲，摸了摸額頭，「我替妳高興，結果妳居然還戳我！」

「誰叫妳笑得這麼開心。」

「拜託，聽到這個消息能不開心嗎？」雁筑眼睛熠熠發光著，「能和戴河俊交往是多少女生的夢想啊！妳竟然還高興不起來？那還是單身的我該怎麼辦？」

「沒辦法，桃花開得再漂亮，成績卻慘不忍睹，我怎麼可能高興得起來？」我滿腹委屈地說。

「幹麼？模擬考很慘嗎？」雁筑一聽到我的話，臉上掛起揶揄的笑。

「對啊，下個月就要學測了，這種成績我怎麼敢讓我媽知道？」盯著題本上滿滿的訂正痕跡，我嘆了口氣，「現在只能祈禱奇蹟出現了。」

雁筑湊上前瞥了眼我的成績單，拍拍我的肩膀，「其實妳的真的還好，我的才是真正的悲劇咧，這幾天我媽追問我模擬考的事，我都不敢正眼和她說話。」

「妳打算怎麼辦？」

「當然是裝傻到底啊，不行的話，我要說學校沒印到我的成績單！」雁筑挺起胸膛，哼了聲。

她的話惹得綵晴和我哈哈大笑。

「妳們很壞耶，每次都聯合起來笑我。」雁筑不滿地抱怨，下一秒她突地轉開話題，「先別說這個，聖誕節就要到了，妳們有什麼計畫嗎？」

綵晴想了想，「沒耶，還是跟去年一樣，一起去唱歌？」

「唱歌好像不錯。」我立刻贊同綵晴的提議。

然而雁筑搖了搖頭，原以爲她是覺得唱歌這個活動不好，她卻說：「什麼不錯？這是妳交往後的第一個聖誕節，當然要和男友過啊！」

頓了一會，雁筑故作難過，語氣十分戲劇化，「唉，本來以爲今年會是三個人一起慶祝聖誕節，想不到居然殺出戴河俊這個程咬金搶走我們的語霏，到頭來又只剩我們兩個了。」

看到雁筑誇張的表現，綵晴再次笑出聲來。

「聖誕節又怎麼樣？不能和朋友一起過嗎？」我不禁反駁。

「我知道妳不是見色忘友的人啦，不過是交往後第一個聖誕節耶，跟朋友過太可惜了。」

雁筑原本一臉惋惜，卻在下一刻露出曖昧的笑容，接著指向窗外，「而且妳這麼想，不代表對方也這麼想啊。」

我順著她的指尖望去，便見戴河俊站在教室外的走廊。與他四目相交的那一秒，我感覺自己的心猛然抽動了一下。

「愣著幹麼？還不快去。」看我還在發怔，雁筑輕推了下我的背。

教室中的同學皆帶著八卦的表情看著我，似乎很期待接下來我和戴河俊的會面。

「妳這個大聲公。」白了雁筑一眼，我小聲地碎念。

雁筑聳了聳肩，裝作一副事不關己的模樣，扭頭不和我對看。

我站起身，尷尬地朝門外走去，戴河俊也走到了教室門口。

「怎麼了？」我問。

「妳好像很緊張？」他瞥了眼教室裡的人，再望向我，笑得很開心。

「被這麼多雙眼睛盯著，能不緊張嗎？」我忍不住瞪了他一眼，氣呼呼地說：「你是故意的嗎？如果不是什麼重要的事，用手機傳訊息給我不就可以了？」

他嘴角的弧度又上揚了些，「我想見妳，難道不能來找妳嗎？」

戴河俊的話使我的臉頰瞬時羞紅，眼神慌亂得不敢直視他。

「再說，我的確是要問一件很重要的事。」

「什麼事？」

他凝視著我的臉龐，認眞地問：「聖誕節有空嗎？」

「聖誕節？」想起綵晴剛剛的邀約，我搖頭，「可能沒有耶，我要和雁筑還有綵晴她們去唱——」

「有有有，語霏聖誕節當然有空啊！」雁筑的聲音這時從後方傳來直接打斷了我。

轉頭一看，才發現她與綵晴竟然躲在教室大門後方偷聽我和戴河俊說話。

見戴河俊一臉困惑，雁筑趕緊解釋，「本來我們三個聖誕節要去唱歌啦，可是我剛才突然想到，那天綵晴的表妹要到她家玩，我補習班有課，所以沒辦法一起去了。」

她的話讓我更疑惑了，「補習班有課？我們不是同間補習班嗎？我不記得那天有課啊。」

「……呃，別間補習班啦，說、說試聽有錢拿我就去了。」雁筑表情心虛，結結巴巴地說完後，就慌亂地跑回教室裡。

只留下綵晴站在一旁，面帶笑意地看著我，她似乎在鼓勵我勇敢一點。

「所以……聖誕節那天妳有空嗎？」戴河俊依然一頭霧水，但他又問了一次，語氣中滿是期待。

我收回與綵晴對視的目光，轉過頭，笑著向他點頭：「嗯。」

「那要一起過嗎？」

看著戴河俊靦腆的笑容，我不禁粲然一笑，又點了點頭，「一起過吧。」

♥

聖誕節當天，寒流恰好來襲。

站在車站廣場的中央，冷得直發抖的我一面搓著身體，一面尋找戴河俊的身影，卻始終沒看到他，正想點開手機螢幕查看時間，才注意到他傳了則訊息，說火車誤點會晚些到。

仔細想想，這好像是我和戴河俊第一次正式約會。

隨著學測的日子愈來愈接近，我現在已經沒有任何的休閒時間，每天都有寫不完的講義跟考卷，除了在學校和補習班兩頭跑外，剩餘時間也全耗在圖書館裡，唯有吃飯跟搭車時，才能暫時擱下課業好好地放鬆一下。

這是我和戴河俊的初次約會，然而我此刻的心情，竟如此平靜。

「紀語霏？」

那道讓我不想面對的熟悉聲音在我身後響起，我不由得皺起眉頭，即使內心百般不願，我仍然轉身對上了那雙看我跌入泳池，卻始終無動於衷的眼睛。

「妳怎麼會在這裡？」白羽歆瞇起眼上下打量我，諷刺地勾起嘴角，「難道是在等戴河俊？也是，今天是聖誕節嘛。」

我撇開頭，沒打算回應她，不過白羽歆逕自走到了我面前。

「什麼啊，好好的聖誕節約會居然穿得這麼隨便，妳到底有沒有認眞對待這次約會？」

我瞥了眼白羽歆，才發現她打扮得很華麗，像是要去參加什麼重要聚會，我不以爲然地聳肩，「如果只依打扮來判定，未免也太膚淺了。」

「膚淺？」她冷笑出聲，「紀語霏，女爲悅己者容，倘若今天妳約會的對象是張承勳，我不信妳還會穿得這麼隨性。」

白羽歆這番話使我一愣，想反駁，可是話就卡在喉嚨裡，怎麼樣都說不出口。

「怎麼不說話？難道是被我說中心聲，所以心虛了？」白羽歆向前跨一步，低頭在我的耳邊輕聲說：「我早說過了，妳根本就不喜歡戴河俊，妳只是在利用他而已。」

「妳——」

「承認吧，我剛剛走過來看妳就是一臉冷靜的模樣，完全沒有等待心上人的焦急感。」白羽歆面色冷漠，眼底帶著輕蔑，「妳之前輕視我不擇手段追求他的行爲，但像妳這種利用他人感情的人，有什麼資格看不起我？」

她退後一步，狠狠地瞪了我一眼，「可以隨意踐踏別人的心意，妳很得意是吧？」

白羽歆字字帶刺的言語，頓時刺痛了我的內疚心，雖然惱怒卻無力駁斥。儘管我沒有想踐踏戴河俊的眞心，不過是不是眞的對他造成傷害了呢？

見我始終不語，白羽歆好像還想繼續嘲諷我，她正欲開口，下一刻戴河俊忽地擋在我的身前。

他低頭，看到我迷茫的神情後，隨即冷下了臉。

「戴河——」

白羽歆的話還沒說完，立刻被戴河俊打斷：「我們趕時間，先走了。」

手心傳來的暖意，使我回過神來，戴河俊牽起我的手，頭也不回地離開。

臨走前我瞄了眼白羽歆，她的臉既錯愕又憤怒。轉過頭，我不想再看下去。

戴河俊的腳步急促，牽著我不斷往前走，一路上我們都沉默不語，就如同初識那天，他拉著我朝操場快步走去的場景，有點熟悉，又那麼陌生。

熟悉的是這個畫面，陌生的是兩人的關係。

一年前的我，應該無法想像，戴河俊竟然會成爲我的男友吧？

過了一會，戴河俊停下腳步，回過頭來看我，「還好嗎？」

「什麼？」

「白羽歆又刁難妳了?」

想起白羽歆方才的話，我的心瞬間一沉，「……也不算。」

「抱歉，因爲我晚到，妳才會遇到她。」戴河俊表情愧疚地嘆氣，「剛剛沿路走來，妳一直沒說話，是她又說了什麼難聽的話嗎?」

我搖搖頭，「沒事啦，她只是在嫌棄我怎麼這麼不會打扮而已。」

戴河俊臉上漾起了一抹笑，「無論妳是什麼樣子，我都喜歡。」

我沒有回答，視線不自覺地往旁邊一移，不敢直視他的眼睛。

戴河俊過於真摯的話語，總能讓我的心跳不由得漏了好幾拍。

後來我們在市區裡繞了幾圈才決定看一部剛上映的喜劇片，看電影時戴河俊始終維持他的淡定表情，反倒是在看見我憋笑的表情後彎起了嘴角。

「你很過分耶，我的臉比搞笑片還好笑嗎?」我捶了他的手臂一下。

他沒有反抗，任憑我捶打，「因爲妳很開心啊，所以我也很開心。」

我害羞地低下頭，拿起桶裡的爆米花不斷往嘴裡塞去。

也許是在電影院裡吃了太多的爆米花，最後我在夜市只吃了幾樣簡單的夜市小吃，戴河俊倒吃了不少，不過大部分是因爲我想吃但吃不下，他只好順便幫我解決。

吃飽後我們便在夜市附近的河堤散步，由於聖誕節的關係，周遭的樹皆掛上絢爛奪目的彩燈，替河岸增添了不少氣氛，閃爍的燈光映照在河面，像是灑滿亮粉般，令人移不開眼。

一道晚風朝我迎面吹來，我不由自主地顫抖了一下，戴河俊見狀，連忙脫下身上的外套，披上我的肩。

「妳怎麼這麼傻，知道寒流來也不穿厚一點。」

他的動作、他的語氣，竟使我回想起張承動在學校頂樓爲我披上外套的畫面。

然而張承動的那份溫柔，已不再屬於我。

「你這樣會冷。」拉回思緒，我正打算脫下外套，卻被戴河俊阻止了。

「妳穿著吧。」

「對了，戴河俊，我有禮物要給你。」他體貼的舉動讓我有些手足無措，我趕緊拉開拿出包包中的一個小紙袋，裡面裝著我做的手工卡片。

這是前幾天我在雁筑慫恿之下開始做的，她說初次約會不可缺少的就是手工禮物，所以她特地幫我找了不少教學網址，還陪我去書局挑材料，我就在邊研究網站邊趕工的狀態下，完成了這張卡片，雖然比不上網路作品的精美，不過裡面包含了我最眞誠的心意。

「我美勞不太好，你別太嫌棄。」我尷尬地笑了笑，然後愉悅地指向卡片上的圖案，「不過我畫的聖誕樹還算可愛吧？」

戴河俊輕笑出聲，「卡片很漂亮，我很喜歡。」

看見他的笑容，我放心地鬆了口氣，還好他喜歡。

「我也有禮物要給妳。」戴河俊將卡片收進背包後，拿出一條圍巾小心翼翼地替我圍上，「我看妳平常沒帶圍巾，剛好最近變冷了，就想送妳一條。」

他的動作是那麼輕柔，專注的眼神中流露出陣陣暖意，這樣的他令我的心微微一緊。

「聖誕節快樂。」戴河俊深深地凝視著我的臉龐。

我輕撫脖子上的圍巾，勾起了嘴角，「聖誕節快樂。」

「我可以再要一個禮物嗎？」

他的聲音離我那麼近，在我仍怔怔地看著他時，戴河俊又向我靠近了一步，接著將身體緩緩往前傾。

那瞬間，時間的流速彷彿忽然慢了下來，我只能望著戴河俊逐漸靠近的面容，不知該如何反應。

最後我閉上了眼，耳邊似乎只剩下我們的呼吸聲。

戴河俊的吻，在寒冷的夜晚中，竟如此溫暖。

學測當日，是個微微飄雨的陰天，就宛如我的心情一般鬱悶而不安。

今年我們學校的考生是依准考證號碼排序被拆成兩個考場，因此戴河俊在原校就考，而我被分到了其他學校，還很剛好和張承動同間教室，綵晴跟雁筑則在我的隔壁。

我坐在溫暖卻有些悶的自習室裡，看著其他考生們個個神色緊張地翻閱著講義與歷屆考題，抓緊最後的時間苦讀。

在這種緊張的氛圍下，張承動仍然一臉從容地提著早餐走進自習室，更是顯得突兀不已。

察覺到我的目光後，張承勳笑著在我身旁的空位坐下。

「緊張嗎？」他隨手翻了翻我桌上的考卷，語調輕鬆地問。

我拍掉張承勳的手，語氣微酸，「這裡只有你不緊張吧，資優生？」

聽到我的話，他非但沒有生氣，反倒笑得更開心了，「不能這樣說，有些人雖然聰明，但一遇到大考就沒轍，不然爲什麼會有這麼多人考試失常。」

「那要怎麼做才能不緊張？」我疑惑地皺起眉頭。

張承勳嘴角一勾，指向自己，「像我這樣就好。」

「什麼？」

「妳把自己逼太緊了。」他嘆了口氣，輕敲了一下我的額頭，「愈是接近大考，愈要維持平常心，與其在考試前抱著課本苦讀，不如出去散散步，紓緩情緒。」

「這時候我哪有心情散步？」

張承勳聽了，沒多說什麼，而是把考卷還給我。

「我只是不想看妳把自己逼成這樣。」他神情擔憂地勸我，「妳要繼續看也好，不過我希望這兩天考試妳還是要記得休息，別把身體弄壞了。」

我點頭允諾。

見我答應，張承勳的表情放鬆了不少，「有問題就儘管問我吧。」

「嗯。」我應了聲，繼續翻起題本。

之後張承勳沒有再出聲，可是我能感受到，他一直靜靜地看著我讀書。

說也奇怪，原本緊張的情緒在考完數學後便消失無蹤，後來的社會科我甚至順利地提早交卷。

轉眼間，接連兩天的學測已進入尾聲。

自然科考試結束鈴聲響起的瞬間，教室內考生們皆發出熱烈的歡呼聲，走出考場後，我就看到雁筑滿臉笑容地朝我跑來。

「走，我們來去吃大餐，慰勞被學測荼毒的心靈！」雁筑高舉手提議，綵晴也在一旁附和。

我有點尷尬地拒絕了，「明天吧，我今天有事。」

「有事？」雁筑瞪大眼睛，「學測才剛結束，有什麼比吃大餐還重要？走啦，如果明天才慶祝，興致會大大減半的，我順便帶妳們去吃新開的牛排館。」

「可是……」

「沒關係啦，雁筑。」綵晴見我神情困窘，急忙幫我解圍，「既然語霏有事，今天我們先去吃別的，明天再一起去那間牛排館，連慶兩天不是更好嗎？」

「妳說得也有道理……」雁筑有些猶豫，最後還是點頭答應了，「好吧，那我就不勉強妳了，不過我們約好明天要一起去吃牛排了喔，不准失約！」

「好——知道了。」我輕拍他的手，輕笑回應。

雁筑這才滿意得和綵晴一起離開。待她們的身影消失在我的視線中後，我走回考場拿起我的書包。

周遭學生們臉上都掛著高興的表情，我的心情卻沉甸甸的。

張承勳應該早就離開了吧，他在自然科考試前，有和我說考完可以陪我走去公車站，但我婉拒了，而他這一科也理所當然地提早交卷，早一步離開了考場。

想了想，我仍是傳了則訊息給戴河俊，說我會自己回家，要他別等我了。

也許戴河俊查覺到我的心情不太好，他連忙問我發生了什麼事，不過我只是隨便扯了個藉口，說臨時有事，他就沒再追問下去了。

盯著暗下去的手機螢幕，我無奈地輕嘆。

❤

看向眼前的建築物，我不禁勾起了一抹苦笑。

連我自己都很訝異，我竟然會下意識跑來這裡。

這時尚未到晚餐時段，Ocean裡面只有零星幾位客人，原本在擦酒杯的大叔，看到我走進店內後，高興地連忙放下手中的杯子招手要我到吧檯前坐。

「好久不見啊，語霏。」大叔扯開嘴角，迅速地調了杯飲料給我。

我接過飲料，露出了笑容，「好久不見。」

「怎麼這麼久沒來？忙著準備考試嗎？」

大叔的話使我一愣，想到這段日子以來和張承勳之間的關係，我心虛地頓了好一會兒，才點了點頭，「呃……對。」

「哎呀，年輕人就是忙嘛。」大叔似乎注意到我的尷尬，立刻轉移話題，「話說回來，妳的圍巾挺好看的，最近天氣冷，大叔剛好想買一條，這在哪裡買的？」

我輕撫起圍巾的下擺，想起那天戴河俊的吻，臉頰瞬間熱了起來，「……我也不知道，是別人送的。」

大叔瞇起眼睛，笑得曖昧，「別人送的？難道是Rain？」

我的動作倏地一滯，隨即否認，「不是，是男朋友送的。」

這次換大叔怔住了，他擰緊了眉頭，語氣滿是疑惑，「男朋友？妳和Rain不是在交往嗎？」

大叔的話，使不再抱有期望的我，又是一陣心痛。

「大叔你誤會了，我跟張承勳只是很好的朋友而已。」我垂下眼簾，「再說……他早就有女朋友了。」

大叔沒有回話，神情嚴肅地深思著，眉間鎖得更緊了。

我忍不住問：「怎麼了嗎？」

「沒有，只是妳說的女朋友，是之前我和妳提過的那個女生嗎？」見我滿臉困惑的模樣，大叔又補了一句，「就是教Rain吉他的女孩子。」

「嗯，怎麼了嗎？」

「可能是我多慮了吧。」大叔無奈地嘆氣，又開口解釋，「Rain當時確實和那個女生在交往沒錯，不過在Rain國三那年暑假後，我就沒再看過她了，而允熙和Rain也總是迴避這個話題。」

大叔視線飄向遠方，似乎在回想過往，「我想那個暑假一定有發生什麼重大的變故吧，否則他們怎麼會都隻字不提呢？後來也有猜可能是因爲分手了，不過Rain不想說，我也不好再問下去。」

我的心又可悲得緊緊一揪。

或許當年展嫣跟張承勳曾經分手過，可那又如何？現在的他們，依然是對情侶。

所以張承勳才會拒絕我，才會狠心地把我推向戴河俊。

看到我面色凝重，大叔關心地問：「怎麼了？」

我搖了搖頭，示意不要緊，拿起手中的飲料一飲而盡。

原以爲被張承勳推開的痛，已經隨著時間逐漸淡去，然而當再次聽到他和展嫣的名字時，我才發現自己仍舊無法釋懷。

也許是當初烙下的傷痕太深，才遲遲無法癒合。

每當我認爲已經沒事時，卻發覺它依然在反覆發炎，始終無法痊癒。

「語霏，妳是不是喜歡Rain？」大叔突如其來的問題，讓我遲遲無法言語。

大叔繼續說：「我從妳的眼神中，看出妳對Rain有很深的情感。」

我緊抿唇，低下頭。

「原本我很看好你們的，但我不曉得Rain和那個女生還在交往，現在妳又有了男朋友。」

他語氣非常失落，「坦白說，我實在高興不起來啊。」

「張承動對我好，是因爲我們是朋友。」

「不是的。」大叔隨即反駁，「Rain會介紹來Ocean的人，在他心裡都占有很重要的位子。從我認識他開始，他只帶過三個人來這裡，第一個是允熙，第二個是那個女孩，第三個便是妳，妳對他來說不可能僅是普通朋友。」

大叔神情認眞，仔細地向我描述，「妳不知道，前陣子妳沒來時，其實Rain偶爾會出現，可是每次都冷著一張臉不肯說話，不過只要我提起妳，他就至少會有點反應。」

我原本槁木死灰的心，瞬間爲之一震，愣了一會兒，才別過頭，不想讓大叔看到我的表情。

「Rain心裡是有妳的。」大叔輕輕嘆氣，「可惜他的身邊已經有了別人，如果你們能早點認識，或許就不一樣了。」

我搖搖頭，苦笑出聲，「先認識又如何？我也沒有把握，他最後選擇的會是我。」

「算了吧，繼續糾纏下去也不是辦法，倒不如徹底做個了斷。」我故作輕鬆地說：「畢竟我和張承動已經成了過去式，現在的我應該好好珍惜陪伴我的人不是嗎？否則對他太不公平了。」

大叔點了點頭認同我的話，眼中帶著幾分惋惜。

這時他的目光忽然一轉，緊盯著我的手機，「如果對方不願意斷乾淨呢？」

我頓了一會，這才注意到手機響了，螢幕上顯示的名字是……張承動。

「不接嗎？」見我沒有動作，大叔出聲提醒。

我凝視著手機，本想忽略，眼睛卻怎麼也移不開。

嘆了一口氣，我接起了電話：「喂？」

「妳現在在哪？」

我被他的問題嚇得愣住，沉默幾秒才開口：「……在家，怎麼了？」

「是嗎？」張承動的語氣狐疑，又立刻問：「但我聽到妳周遭有音樂，還有很多談話聲，妳眞的是在家嗎？」

張承動突如其來地追問，讓我有點慌神。

我深吸了口氣，「我在客廳聽音樂，順便和爸媽聊聊天，難道不行？你突然打電話來，是爲了逼問我在哪裡嗎？怎麼，你現在改當起偵探了？」

電話的另一頭倏地沒了聲音，我瞥了眼螢幕，發現仍舊在通話狀態中。

「不說話？」我皺緊眉頭，有些不耐，「張承動，你要是再不說話——」

「妳說過，從我們認識開始，妳就不曾騙過我，我是相信妳的。」張承動打斷我的話，他低沉的聲音聽起來像在隱忍些什麼，「可妳現在爲什麼要說謊？」

他的回答使我驚慌不已，他怎麼知道我不在家？從聲音判斷的？還是……

我抬頭看大叔，只見他無奈地指向我身後，我的身體瞬間一僵，接著緩慢地側過身往門口望去，就看到張承動一臉失望地拿著手機，站在Ocaen的門外直盯著我。

他與我對上眼後，手機傳來了通話結束聲。

張承勳推開門直直朝我走來，緊蹙的眉間流露出不解，他大概是不明白我爲什麼會爲了這種事騙他。

不等他走到，我便低下頭。

「對不起。」我緊咬唇，誠懇地道歉。

張承勳沒有說話。這沉默不僅令我坐立難安，連一旁的大叔也緊張地看著我們。

過了許久，張承勳微微嘆了口氣，「所以自然科考前，妳說之後有事就是要來Ocean，那爲什麼不告訴我？我不是說考完可以等妳嗎，要來這裡讓我載妳不就得了？」

「我沒想到你剛好會來。」我依然垂著頭。

「不是剛好。」張承勳語氣滿是無奈，「交卷後我還留在自習室附近，正巧聽到妳和何雁筑她們的對話，當下我就不太放心，便一路跟著妳以免發生意外。」

「你跟蹤我到Ocean？」我不解地瞪了他一眼。

「不是跟蹤，是陪。」張承勳糾正，「誰叫妳這麼讓人放心不下。」

「你這個變態。」

「總比妳被眞正的變態襲擊好吧？」

我別過頭，不想看這個陰魂不散的人。

「倒是妳，怎麼滿臉愁容？」張承勳湊到我身邊，輕聲在我耳邊問，「妳從考完英文就這樣了，難不成是考試失常了？」

我咬了咬下唇，腦中突然有點混亂。

張承勳沒繼續問，而是伸出手輕撫我的頭。

他的舉動使我一時之間不知該如何是好，想甩開，卻又不捨得。

他的話，他的溫柔，竟令我鼻酸了起來。

在考完英文科後，我就有預感自己的學測成績可能會遠不如預期，畢竟英文考砸了，其他科再好也沒用。

「張承勳……」我紅著眼眶，不由得有些哽咽，「我努力這麼久，寫了這麼多題本，歷屆試題也都有認眞練習，爲什麼還是考砸了？」

他靜靜地聽著，輕撫我的手倏地一滯。

「那是英文、是英文啊！」我忍住落淚的衝動，聲音微微顫抖著，「英文考壞了，我又有什麼科系可以申請？我對指考眞的很沒信心啊。」

張承勳將手附上我的背，輕輕地環抱住我。

「別忍了。」他的聲音那麼溫柔，彷彿暖進了心坎，「想哭還一直忍耐，妳不怕忍出什麼病嗎？」

這一刻，我的理智瞬間潰堤，我把臉埋入他的懷中，放聲大哭。

一直以來，我都對指考感到十分恐懼，深怕指考的考題類型會更讓自己難發揮，才不敢接受必須要考指考的事實，如今卻是不得不面對了。

不曉得過了多久，當我抬起頭時，眼角已經有點腫脹，張承勳見狀，趕緊向大叔要了幾顆冰塊，放入夾鏈袋後再用毛巾包上給我冰敷。

「別難過了，瞧妳哭得這麼醜。」

我瞪大紅腫的眼睛，帶著鼻音反駁，「哪有人哭起來是好看的。」

「我啊。」

「自戀鬼。」

張承勳安撫我，「不要氣啦，也別再怕面對指考了，以後有什麼問題都儘管拿來問我，要是我蹺課不在，就傳訊息，我看到就會立刻回的。」

「眞的？」我眼睛一亮。

張承勳認眞地點了點頭，對我粲然一笑。

那笑容太過耀眼，竟使我不自覺地別開視線。

在那之後，我、張承勳還有大叔又聊了一陣子，話題大多跟學校有關，或許是偶然也可能是刻意，他們都沒提起我和戴河俊交往的事，這著實讓我鬆了口氣。

走出店外時，已經臨近九點了。

「我載妳回去吧。」張承勳從口袋裡拿出鑰匙，指了指他停在店門前的機車。

我搖搖頭，謝絕了他的好意，「不用了。」

「這麼晚了，妳一個人搭公車太危險。」張承勳眉間微擰，面色夾雜著幾分擔憂。

我嘆了口氣，「眞的不用，我請我哥來接我就好。」

「你哥？」他的眉頭鎖得更緊了。

「我知道你在擔心什麼，可是開學那次車禍，是前面那臺車先沒遵守交通規則，不能把所有責任都推到我哥身上。」

張承勳沉默地凝視著我，下一秒他逕自轉身，打開了機車行李箱。

我還來不及拒絕，他便將安全帽往我頭上一戴，動作看似強硬，實際上的力道卻很溫柔。

張承勳隨即低下頭替我調整帽帶的長度，我們之間的距離也頓時拉近，使我的呼吸一窒，一時之間竟緊張地不知該如何呼吸。

「等等，這樣不好——」回過神後，我伸手推開了他。

面對我的反應，張承勳臉色一沉反問：「爲什麼不好？」

我想說點什麼，卻什麼聲音都發不出來。

他的聲音好似有股魔性，在我的腦海裡不斷盤旋。

抬起頭，我怔怔地望向張承勳，他的眼裡有疑惑，以及我無法讀清的複雜情緒。

我斂下眼，慢慢地說：「我不想讓戴河俊誤會……」

良久，張承勳輕聲問：「就算他不在？」

「嗯。」我點點頭，「就算他不在。」

聽到我的回答後，張承勳的眼神黯淡了下來。

我別開了視線，正要拿下安全帽，他又開口：「但我還是放心不下。」

我正在解扣環的手瞬間停住，思緒混亂地無法思考，不過我仍是將安全帽還給張承勳，低聲抱歉。

如果再早一點，在我和戴河俊還沒交往前，也許我就會欣然答應了。

過往我與張承勳一起的畫面一幕幕在腦中浮現，我有股衝動想伸手攔住他，然而我只能將這份不捨及掙扎藏在心的最深處，不讓別人發現，也讓自己找不到。

這不僅是回應戴河俊對我的信任，也是我對這份感情的尊重。

戴河俊那麼相信我，更是毫無保留地喜歡我。

我不想要他因爲誤會，受到任何的傷害。

❤

時間飛逝，已到了鳳凰花開的季節。

教室黑板上的倒數天數有兩個，一個是畢業，另一個是指考。

我對於即將到來的畢業典禮，其實沒有太多感觸，一是沒時間，二是班上的大部分同學都已經申請上了理想的大學，氣氛太過歡樂，實在沒什麼離別的氣氛。

「語霏，妳幫我看看這題。」雁筑把講義放在桌上，指著習題，「我想了好久，還是一點頭緒都沒有，看了解答也是一知半解。」

我看著題目深思了一會，思緒卻開始飄遠。

這些日子，我跟雁筑留在學校裡和其他拚指考的同學一起認眞衝刺。

至於綵晴，她在確定考上一所鄰近西子灣的大學後，就跑去日本玩了，旅遊期間也不忘傳訊息替我們打氣。而戴河俊也如願進入了體大，聽說他的術科快跑還破了體大的紀錄，讓考官對他印象非常深刻，直誇戴河俊是顆不得了的新星，錄取名單公布那天我特地請他吃了一頓大餐作爲慶祝。

令人意外的是張承勳。班上同學問起他志願要怎麼塡時，他只說考砸了要考指考，讓所有人都震驚不已。

不過當我知道他的成績後，我又更驚訝了。七十一級分跟我說考砸了？我氣得差點揪住張承勳的衣領，要他和我交換成績單，不過依他的實力，或許他眞的覺得這樣的成績還不夠理想吧。

「陷入膠著？」張承勳的聲音從後方傳來，他見我眉頭深鎖，突然笑出聲來，「瞧妳這張苦瓜臉，需要幫忙嗎？」

我宛如看到救星般猛點頭，「你來的正是時候，快看這題！再想下去，我的腦袋就要冒煙了。」

「妳是腦袋太久沒動都生鏽了，好不容易開始運轉才會冒煙吧？」他拿起自動筆，輕敲一下我的頭。

「你才生鏽。」瞪了張承勳一眼，我拍開他的手，倏地起身，「好啦，你快寫，這裡就交給你了。」

他疑惑地問：「妳要去哪？」

我晃了晃手機，笑而不答，轉身走出教室。

❤

來到樓梯轉角，我看見戴河俊輕靠在走廊的圍牆上打盹，一臉睡眼惺忪的模樣。

「你什麼時候來學校的？」我好奇地問。

「一早就來了。」戴河俊揉著眼睛，聲音帶了幾絲倦意，「昨天練習太晚，早上原本想請假，後來想到妳還在學校，就來了。」

「笨蛋。」我輕聲罵他。

他只是瞇起眼，傻氣地笑了。

凝視著戴河俊疲憊的臉，我不由得感到心疼。

前些日子，除了體大的面試和術科考試外，全中運的賽前衝刺也如火如荼地展開，這兩邊戴河俊都無法放下，於是他緊咬牙，扛起了所有壓力。

最終他也不負重望在全中運摘下銀牌，而上次奪下冠軍縣賽的褐髮男孩則得到銅牌，儘管他最後輸給了戴河俊，但依舊很有運動家風度地致上恭喜，賽後他們還交流了彼此的跑步心得。

兩人既是勁敵，亦是在跑道上一同前進的夥伴。

卻沒想到，在兩邊奔波的情況下，戴河俊竟把身體熬壞了。

全中運過後，戴河俊生了場大病，一連請了五天假，醫生也特地囑咐，這種情況對運動員的身體來說很不好，他必須要充分休息才能盡快恢復最佳狀態。
當他確定只能在家靜養後，戴河俊就打電話叫我專心讀書，不用擔心他。
然而經過仔細考慮，我還是決定去探望他。
戴河俊聽到我這樣說，甚至驚訝地再問了一次我是認眞的嗎？
「不好嗎？」我不解地皺起眉頭。
戴河俊略微沙啞的笑聲由手機中傳來：「妳這樣跑來，就不怕我對妳做些什麼嗎？」
他調笑的話語，使我的雙頰瞬間熱了起來。
我們約在戴河俊家附近的小公園，我帶上親手煮的稀飯，叮嚀他要好好休養，快點康復。
他吃著稀飯，滿足地點了點頭，眼神流露出陣陣暖意。
我和戴河俊之間或許沒有所謂的熱戀期，與其他情侶比起來也沒有什麼太大的火花，不過這樣平平淡淡地相處，意外地讓我感到自在。
「對了，畢典那天，我可能沒辦法陪妳回家了。」他面帶爲難地看著我，「本來想等你們班謝師宴結束後去找妳，可是剛剛我被通知我們班的謝師宴也在那天。」
看著他的表情，我忍不住笑了，「幹麼愧疚啊？我自己回家就好啦，大不了叫我哥來載我就好，難道你認爲我會因爲這種小事生氣？」
見我沒有不滿，他的嘴角揚起一抹笑。
我抬頭望向湛藍的晴空，不禁有些感慨，「戴河俊，你有沒有覺得時間很快？轉眼間就要畢業了，尤其是後面兩年，咻的一聲就過了。」

戴河俊靜靜地聽著。

「兩年前的我不擅交際，只會自怨自艾地活在自己的世界裡，如今有了你、雁筑、綵晴和張承勳的陪伴，讓我的生活充實許多。如果我沒有遇到你們，高中生活應該會沒什麼值得回憶的吧？」

我停頓一下，又開口：「當然在這兩年中，無論是張承勳或白羽歆的事，我至今都還無法完全釋懷。但我知道苦痛終究會成爲過去，變成傷疤逐漸淡化，最後心中只會留下美好的回憶。」

轉過頭對上他的視線，我漾起笑容，「謝謝你，這半年來一直陪在我身邊。」

戴河俊的眼底閃過一絲驚訝，隨即恢復成原來平淡的模樣。

他勾起嘴角，低聲緩緩說：「我的高中生活，就只有田徑隊和妳。」

「我永遠忘不了，妳抱住我的那一刻。」戴河俊把他的額頭輕輕貼上我的額，閉上了眼，「一直以來，我只在乎跑步，可是在遇見妳之後，我才發現自己除了跑步外還會有其他渴望的東西。」

他停了幾秒，低喃：「那就是妳。」

他的聲音那麼輕，卻重重地打在我的心上，我怔了一秒，接著笑盈盈地牽起他的手。

被張承勳拒絕後，我曾有很長一段時間，在獨自一人時，無法控制自己落淚的衝動，即使流乾淚、哭啞聲，還是想大喊出聲，將所有的痛一起宣洩而出。

那時的我，就像身處一場沒有終期的雨季。

戴河俊在那時宛如一陣暖風，爲我吹去了些苦痛，也讓我不再那麼傷心。

♥

在接連幾日陰雨連綿後，畢業典禮當天終於放晴。

我特地用熨斗把制服仔細熨平，只爲了在這個重要的日子，呈現出最好的模樣，畢竟高中畢業典禮一生就只有一次，我不想留下任何遺憾。

教室裡沸沸揚揚的，一走入教室我就看到班長在講臺上發著胸花，正想往前，眼角餘光便見雁筑拉著綵晴向我快步走來。

我注意到雁筑已別上胸花，忍不住調侃：「動作眞快啊，我剛來妳就別好了。」

「拜託，我這麼早來還不是爲了妳們！」雁筑將胸花遞給我，一臉委屈，「我好不容易才選出這三朵，本來想等妳們來再一起別上，可是我眞的等不及了，誰叫妳這麼慢！」

「還眞是用心良苦。」她的反應使我輕笑出聲，「連胸花都能挑這麼久，妳以爲妳在選妃啊？」

綵晴也笑了起來。

這下又惹來雁筑的白眼，「是是是，我是在選妃，不過選了最後也是要獻給妳們這群好吃懶做的皇帝！」

「誰好吃懶做啊，妳才好吃懶做吧。」我彈了雁筑的額頭一記。

「偷襲，妳這個卑鄙小人！」雁筑摸摸額頭，吃痛地喊。

我聳聳肩，得意地反擊：「我可是君子。」

雁筑還想和我吵下去，不過綵晴提醒我們要集合了，雁筑只好暫時休戰。

隨著班上的隊伍，我們來到校門前的廣場，所有畢業生都在這裡等候校園巡禮活動開始，四周有些同學拿起相機不斷拍照，想在最後一天留下珍貴的紀念，有的則聚在一塊聊天，好似要把未來沒能說的份提前講完。

「不跟戴河俊拍張照嗎？」和別人拍完照的雁筑來到我身旁，晃了晃手裡的相機，「不然我委屈點，冒著眼睛被閃瞎的風險幫你們拍照好了。」

「什麼閃瞎？妳也太誇張了。」我對雁筑翻了個白眼，「再說七班的隊伍離這有段距離，走過去有點麻煩，爲我好也爲了妳眼睛好，還是算了吧。」

「齁，紀語霏，妳眞的很誇張耶。」雁筑嘟起嘴，直接拉起我的手往七班隊伍的方向前行，「今天是畢典欸，妳竟然連和戴河俊拍張照都覺得懶。」

她才剛說完，我們已經到了七班的隊伍旁，戴河俊正好站在我們前方。

見我出現，他臉上頓時露出驚訝的表情，下一秒便恢復平靜，向我們走來。

「怎麼了？」他疑惑地望向我。

我還沒說話，一旁的雁筑倒先開口了：「戴河俊，快過來和語霏拍張照吧！畢業典禮沒有拍照留作紀念太可惜了。」

我瞥了眼戴河俊，發現他的目光竟然正落在我身上，嚇得我連忙別開頭，假裝在看周遭的同學。

過了一會兒，我的耳邊傳來一陣低笑聲，再轉過頭，戴河俊已站到我的身邊。

「拍吧。」他笑了笑。

「哇！這是我第一次看到戴河俊笑耶，得趕快拍下來才行。」雁筑迅速地按了幾下快門，「要是這些照片讓那群粉絲看到，不被搶光才怪。」

妳乾脆洗出來拿去賣算了，我在心中沒好氣地吐槽。

「好，我要照嘍。」雁筑調好角度跟位置後，朝我們大喊：「一、二——」

面對鏡頭，我堆起笑容，比出了YA的手勢，在雁筑即將喊出三的那一刻，戴河俊突地伸手輕輕地摟住我的腰，使我當場愣住。

戴河俊嘴角一勾，問雁筑，「照得怎麼樣？」

一臉訝異的雁筑，聽到戴河俊的聲音後，才趕緊查看起相機。

她低下頭盯著相機螢幕，語帶尷尬地說：「……呃，因爲我是按連拍，前面幾張語霏的笑容還可以，但後面的表情都呆了點。」

我依然有些恍神，而戴河俊嘴角的笑意又更深了些。

「要集合了，我先回去了。」戴河俊往七班隊伍的方向覷了眼，向我揮了揮手，便轉身離開。

我佇立在原地，遲遲無法回過神來。

「妳看吧，我的眼睛要被你們閃瞎了。」雁筑指著相機螢幕上的照片，曖昧地勾起唇，然後促狹一笑，「不過算是瞎得挺值得的，我有多拍幾張戴河俊和妳的合照喔，你們比我想像中還甜蜜欸！」

我沉默地低著頭，快步往班上隊伍的集合方向走去。

臉上的熱意始終無法消退，心更是急促地跳個不停，腦中的畫面就定格在戴河俊擁住我的瞬間。

我只是有點嚇到了而已，只是嚇到……

「對了，要不要也幫妳和張承動拍張照？」雁筑停下腳步，回頭問我，「單純的紀念合照而已。」

我頓時陷入了掙扎，過了片刻，我低下頭低聲說：「……好啊。」

「張承動——」見我答應，雁筑立刻朝班上隊伍的方向大喊。

聽到有人喊他名字，張承動困惑地扭過頭，看到雁筑正在對他招手，直接走了過來。

「怎麼了？」

「和語霏拍張畢業紀念照吧。」雁筑晃晃手上的相機。

張承動點了點頭，爽快地答應：「好啊。」

順著雁筑的指示，我和張承動之間的距離瞬間縮短，我好不容易平緩的心跳，再次急速跳動了起來。

「好，我要拍嘍！」雁筑舉起相機倒數：「一、二——」

隨著雁筑數到三的聲音和按下快門那刹那的閃光，我忽然明白了一件事。

儘管我們並沒有做出任何親密的舉動，而張承勳只是靜靜地站在我旁邊，就能令我的心怦然不已。

心中的天秤傾向何處，也許我內心深處早已知曉。

典禮開始前，畢業生會先繞校園一圈，回顧這所陪伴我們三年的學校，而在校園巡禮起點的位置，在校生會分別站在兩側，向通過的畢業生們拍手並致上祝福。

我們走過樹林大道，望向滿地的鳳凰花瓣，原本還嚷著沒有畢業氣息的我，也感受到了離別的感傷，有些同學甚至流下眼淚，細微的哭聲彷彿有感染力，竟使我鼻酸了起來。

回想起高中三年，第一年是平淡無奇的邊緣生活，第二年我遇見了張承勳，他如同太陽一般照亮了我不安的內心，也把我從孤獨的世界中拯救出來，我還在Ocean認識了大叔這個忘年交。

補習班的巧合，使我和雁筑以及綵晴成為朋友，她們總是無條件的支持我，當我遇到威脅時，也義不容辭地與我一同面對。

會和戴河俊有交集是源自於意外，倘若我沒有替白羽歆送出那塊問題蛋糕，倘若他沒有吃下那塊蛋糕，也許我們至今仍是兩條無法交會的歪斜線。

三年來一幕幕回憶在我腦海中閃現。

我知道，張承勳就像是我十七歲中最大的救贖，也是最深的遺憾。

他在我的心中留下了青春的傷痕，那麼疼，又遲遲不肯癒合。

在我疼痛不已時，戴河俊給了我，我從未期待過的溫柔，當我牽起戴河俊的手的時候，便下定決心要讓那些痛成爲過去式。

我並不奢望那道傷口能夠立刻消失，只盼著終有一日它會痊癒。

哪怕要花多長的時間，我都願意等。

♥

畢業典禮結束，會場內仍然瀰漫著感傷的氣息，雁筑抱住我跟綵晴嚎啕大哭，我也一度紅了眼眶。

張承動倒是依舊歡快，他拍了拍某個同學的肩膀，向班上同學們說天下無不散的筵席，以後還是會有見面的機會，大不了我們可以每個月都開一次同學會。

他的話惹得在場的人皆大笑出聲，還有人拍手直叫好。

將畢業證書跟胸花塞進抽屜，我來到走廊集合準備前往謝師宴。

出發前班長特意叫大家好好珍惜眼下最後相處的時光，此話一出，幾個感性的同學又哽咽了起來。

謝師宴的地點離學校不算太遠，走路只需要大約二十分鐘，一路上大家有說有笑，有人緬懷起高中三年以來的種種，有人則在分享畢業之後的旅行計畫，氣氛十分和諧。

前些日子班上的同學出國的出國，請假的請假，讀書的讀書，沒想到畢業典禮竟然能把班上原本有些離散的氛圍再度聚合起來。

走進餐廳，琳瑯滿目的餐點映入眼簾。

根據大家的投票結果，最後選擇了吃到飽餐廳，雖然平時我沒有特別喜愛這類餐廳，不過也意外發現了好處，正好能藉著取餐的機會，和平常不熟的同學好好互動。

「綵晴、語霏，那邊有好多甜點，快去裝，這家餐廳的烤布蕾超好吃的！」雁筑捧著一大盤食物朝我們走來，興高采烈地說。

瞧她盤子上堆了好幾個烤布蕾，我噗哧一笑。

我注意到她手中的飲料，好奇地問：「那是什麼飲料啊？怎麼是藍色的？」

「這個喔。」雁筑晃了晃酒杯，「這叫藍色夏威夷，聽說是用檸檬汁跟鳳梨汁調的，酒性不烈，很適合女生。」

「是用什麼酒去調啊？」

雁筑皺起眉頭，「這我就不清楚了，可能要去問——」

「用蘭姆酒調的。」雁筑還沒說完，就被那熟悉的聲音打斷。

轉過頭一看，果然是張承勳。

「味道酸酸甜甜的，妳可以試試。」

「眞的？」

我正想向雁筑要來調酒讓我試試口味，張承勳突然抓起我的手，逕直朝餐臺的方向走去。

我有點錯愕，一時不曉得如何反應，只能任憑他拉著。

張承勳拿起杯子裝好酒遞給我，語氣溫柔地囑咐，「雖然酒精含量不高，但也別喝太多，調酒喝多了還是會醉。」

我點點頭，伸手接過酒杯並啜飲一口，剛喝下去的瞬間，檸檬和鳳梨的味道在口中散開，幾秒後，舌後嘗到酒的微微苦味，使我瞇起了眼。

我果然不擅長喝酒啊。

張承勳忽地開口，「陪我去外面走走吧。」

我先是愣住，接著點頭允諾，把酒杯放在一旁。

我們來到餐廳中央的小花園，這間餐廳除了以餐點精緻聞名外，庭院的景觀花園也是賣點之一。

映入眼簾的是廣闊的碧綠草坪，上面點綴著夏季的時令花卉，中央則坐立一座白色的噴泉，噴泉的流水聲搭上迎面而來的晚風，令人不禁沉醉於這番景象中。

側頭看向張承勳，我注意到他的雙頰泛紅，視線有些恍惚，想起方才男生那邊熱鬧的起鬨著要玩什麼懲罰遊戲，輸家就得罰酒，一時之間好不熱鬧，張承勳大概是在那時也喝了幾杯。

「你到底喝了多少啊？」

他聳聳肩，輕笑了聲，「還好啦。」

「臉都這麼紅了，還說還好？」我搶過張承勳手中的酒杯，語重心長地說：「你都記得叮嚀我調酒喝多容易醉，怎麼不懂得珍惜自己的身體呢？」

張承勳勾起嘴角，向我前進一步，倏地拉近我們之間的距離，「妳就這麼關心我？」

我慌亂地推開他過於靠近的身軀，急忙解釋：「當、當然啊，你這副模樣任誰看了都會擔心吧？更何況我們是朋友。」

「是嗎？」張承勳緊握住我的手，嘴角的笑意更深了些，「妳的眼神裡好像不只有對朋友的關心……」

他的聲音是那麼輕、那麼柔，若有似無的氣音好似帶著酒氣，使我也跟著醉了，覆在張承勳身上的手，居然半點力也使不上來。

下一秒，張承勳將我的手往他胸口上放下，霎時間，我的心猛然抽動了下。

手心傳來的心跳頻率，似乎與我的心跳在瞬間同步。

我彷彿透過我們一起跳動的心，聽見了心動的聲音。

我慌張地想收回手，張承勳卻緊按著不讓我抽開，他的眼神眞摯，可眼底暗藏了我無法讀清的情緒。

「妳感受得到嗎？我現在的心情。」張承勳的聲音略微模糊，不過語氣非常認眞。

「……你喝醉了，心跳自然快了些。」我避開他的目光。

「爲什麼不敢看我？」

我低頭沉默不語，深怕一抬起頭，會被張承勳看到我的表情。

此刻我內心的世界正在傾塌，僅存的理智如同最後的支柱。倘若倒了，我怕自己會無法再掩藏深埋在心底的心意。

這段日子，我努力將對他的感情藏起，期盼終有一日我會對這份缺憾釋懷，每當我如此堅信時，張承勳卻一次又一次地擾亂我的思緒。

我都快搞不清楚，他究竟是怎麼想的……

「張承勳，我們該回去了。」我試圖抽出自己的手，然而他又握得更緊了。

「不要。」

「張承勳！」

「妳爲什麼不看我？」張承勳用力將我拉入他的懷中，我想逃，但被他緊緊地擁住，不給我任何掙脫的機會，「妳知道嗎？我有好幾次不停地問自己，爲什麼要把妳推向戴河俊？我眞的希望妳過得很好、很幸福，可是每當我看見妳和戴河俊相處時高興的模樣，我卻好後悔、好後悔……」

「或許就像妳說的，我只是因爲愧疚把妳推向戴河俊，不過這樣反而讓我更痛苦，我想要妳重拾以往的笑容，但我不想妳是因爲戴河俊而露出笑容！」

我緊抿下唇，努力忍住即將奪眶而出的淚意。

「我知道這樣很矛盾，理智告訴我必須以朋友的身分在一旁看著妳，我卻總是控制不住地想靠近妳、接近妳……」

相較於他激動的表情，張承勳的聲音聽起來是如此的無助和徬徨。

趁張承勳鬆手的瞬間，我推開了他，別過頭。

「太晚了……」我極力地壓抑著內心高漲的情緒，聲音微微顫抖著，「從你把我推向戴河俊的那一刻，我就決定要離開你了。」

「如果你是眞心希望我幸福，就拜託你不要再做出這些舉動。」我吸了吸鼻子，語氣帶上了幾分哭腔，「你知道好不容易結痂的傷口，一次次被人撕開有多痛嗎？」

張承勳眼神頓時變得十分黯淡。

我深吸了口氣，緩緩說：「就這樣吧，我們以後還是朋友，不過只是朋友。」

我輕笑出聲，淚潸然而下。

張承勳神色不捨地擰緊了眉，沉默許久，他輕聲道：「……是我沒用。」

深深看了他一眼後，我轉身離開。

也讓這份感情，隨著這個轉身一起畫下句點。

回到餐廳內，雁筑和綵晴見我眼眶泛紅，焦急地逼問我原因，然而在看到晚我一步回餐廳的張承勳後，她們便不再追問，只是輕拍我的肩安慰我，也許是酒精的催化，我的情緒始終無法平緩，眼淚更不受控地無法抑止。

在剩下的時間裡，我跟張承勳始終隔著一段距離，不再有交集。

謝師宴結束，同學們互相道別，張承勳正好與一群男生一起經過我身邊，他沉默地注視著我，直到我倆肩與肩交錯的那一刻，他才開口。

「再見。」

窒息般的痛苦頓時猛烈地朝我襲來。

那句再見，和張承勳逐漸遠去的背影，竟使我慌亂不已，我開始害怕張承勳會在這次之後，徹底離開我的世界，這明明是我一心期盼的結果，在眞正面臨時，卻又如此不捨。

不只張承動優柔寡斷，我也一樣。

我和雁筑邊討論著公車班次邊走出餐廳，意外看見了熟悉的身影。

我腳步一滯，驚訝地望向站在餐廳門口不遠處的他。

「戴河俊，你怎麼在這裡？你們班的謝師宴呢？」

「已經結束了，其他人說要去續攤。」他笑得溫柔，緩步朝我走來，「我想你們班的謝師宴應該還沒結束，可以過來等妳一起回家。」

「都是最後一天了，你怎麼不多和班上的人聚聚啊？」我輕皺起眉，無奈地說：「既然決定要來怎麼不先傳訊息給我，還好我們班沒有太晚結束，不然那樣你不就要等很久。」

戴河俊低下頭輕笑了聲，沒有接話。

見狀，雁筑連忙拉著綵晴向我們道別，臨走前不忘對我眨眼，被強行拖走的綵晴則露出一抹苦笑，我能感受到綵晴的擔心，我只是對她搖搖頭，表示不要緊。

目送她們離開不久，就發覺戴河俊目光停留在我紅腫的雙眼上。

我沒有閃躲，直直地與他對望。

「怎麼哭了？」戴河俊的聲音略帶擔憂。

他的問題使我鼻頭一酸，「沒什麼啦，只是想到畢業後很難時常見面就有點不捨。」

「是因爲捨不得以後無法和誰見面？」

我一愣，停下腳步，「什麼？」

戴河俊神情一黯，斂下眼，低聲說：「……讓妳這麼難過的，是張承勳嗎？」

我閉口不語，我不想欺騙戴河俊，但更不願傷害他。

一直以來，戴河俊對我的包容已經傷他太深了，倘若我親口承認張承勳對我的特別，對他豈不是太過殘忍？

凝望著戴河俊，我輕聲問：「你生氣嗎？」

他緊盯著我，堅定地搖了搖頭。

「戴河俊……」我忽然泛起一股想哭的衝動，「我值得你對我這麼好嗎？我知道我不是很好的女友，與你交往後，我的心裡依然還有別人的影子，即便我努力想忘掉他，可是我做不到，我真的做不到……」

別開視線，我不禁哽咽：「我以爲自己總有一天會放下他，所以心安理得地享受你的溫柔，然而今天我看到你受傷的表情，我才明白，我沒有資格霸占你身旁的位子，就連白羽歆都比我還適合，至少她是全心全意地喜歡你。」

戴河俊臉色一沉，聲音低啞：「……妳是想提分手嗎？」

我搖了搖頭，淚流而下，「我不知道……這半年來若沒有你，我也無法走出失戀的痛，不過我無法自私地看你繼續爲了我委屈自己……」

我泣不成聲，戴河俊嘆了口氣，將我攬入懷中。

「還記得我之前說過的話嗎？」戴河俊的語氣溫柔之中帶著不容拒絕的堅定，「好不容易牽起的手，我不會輕易放開，這是我的決定，沒有人能強迫我，我自然不會有任何怨言。」

他打斷正要開口的我，接著說：「我一直都知道妳的心裡有另外一個人，我也明白，忘記一個人並不容易，所以我不會逼妳立刻忘記，但我會期待妳能慢慢地忘掉，更何況未來還很長，我不急，可以慢慢等。」

我能感覺得出戴河俊這番話出於真心，而這令我更心痛。

「我會等。」他將我擁得更緊，一字一字強調：「等待妳的心裡只容得下我的那一天到來。」

我不爭氣地痛哭出聲。

戴河俊果然是傻瓜，傻得讓人心疼。

他包容了我的一切，儘管被我傷得傷痕累累，仍不願放手讓我離開。

若真有一天，事情演變成他不得不放手的局面，他究竟會有多心碎。

我只能祈求，那一天慢一點到來。

或者永遠不要有那一天。

Chapter 5

雖然畢業離別的氛圍令人感傷，但緊接在後的指考使我無法分出太多心思去緬懷過往那些回憶，必須把握僅剩的時間複習，期盼自己能在考試當天拿出最好的表現。

畢業後學校依然開放高三教室給指考生自習，教室內少了那些準大學生後清淨不少，可是太過安靜的教室反倒使我有點不習慣，可能是開始懷念大家的笑聲了吧。

我跟雁筑這段期間留在學校衝刺，戴河俊也因爲田徑隊的訓練，每天都準時來學校，我擔心他會覺得麻煩，他卻開心地說這樣不僅能持續訓練，還能每天和我見面，一舉兩得。

至於張承動，畢業後我就沒見過他了，聽班上同學說，他是去圖書館讀書。不用碰面也好，謝師宴後我們的關係依舊尷尬，假如他來學校自習，也許我會無法專心讀書。

隨著指考的倒數日期接近，我的壓力愈來愈大，從指考前兩天開始，我不僅食不下嚥，晚上更是輾轉難眠，總夢見自己考試失常。

大概是察覺到我的不安，戴河俊笑著摸摸我的頭，叫我別把自己逼太緊，他相信我可以順利發揮的。

他的鼓勵讓我心頭一暖，緊張的情緒也平復了不少。

轉眼就來到指考第一天，第一科是我較不擅長的物理。

指考和學測一樣，考生被分配到不同考場，報考二、三類的考生在他校考區就考，一類考生則在原校。

進入考場坐定位後，我轉頭竟意外看到了張承勳的身影，我眨眨眼，確定自己沒有眼花後，目光便不由自主地停駐在他身上，這段時間好不容易平靜的心情，又浮躁了起來。

我昨天來考場時有點匆忙，確認自己的座位後就離開，沒有注意其他座位上的標籤，沒想到我和張承勳居然在同間教室應試。

張承勳沒有注意到我，他撐著頭望向窗外，表情像是在沉思些什麼。

這時考試鐘響起，我趕緊收回視線，提筆開始作答。

比起張承勳，我應該專注於眼下的指考。

我如此囑咐自己，然後也這麼做了。

爲期三天的指考，對於二類組的學生來說，在第三天考完數甲後就結束了。

戴河俊這兩天堅持早起到考場陪我，中午也替我買了便當過來。看著戴河俊頂著高溫忍受炎熱的天氣，不畏辛苦地在場外等我，我有些心疼。

張承勳幾乎每科考試不是晚到就是提早交卷，似乎直到最後一科考試，他才發現我和他同在一間考場。

他在交卷後看到我時，對我低聲說了句：「解脫了。」

我點了點頭。

望向張承勳遠去的背影，我心中頓時一緊。理智告訴自己這是我期盼的結果，可是心的反應卻永遠那麼誠實。

雁筑沒有報考生物，所以她應試的教室與我的有段距離，考完數甲後，我在教室外等了一會兒，見她滿臉笑意地朝我跑來，我才暫時放下了心中的憂慮，也漾起微笑。

畢竟無論結果是好是壞，都已經無法改變了，剩下的事就等成績出來再煩惱吧，現在多想無益！

「語霏，我們快去吃大餐慶祝吧！」雁筑拉起我的手，「這次我連餐廳都訂好位了，所以妳不能說沒空喔。」

我無奈地苦笑：「是、是，妳都訂好位了，我怎麼敢不去？這次變聰明了嘛，竟然先斬後奏，就算我不想去也沒辦法拒絕。」

「當然，我可是何雁筑呢。」她得意地笑，接著開口問站在她身後的戴河俊：「戴河俊，有空的話一塊去如何？我早料到你會過來陪語霏考試，所以有多訂一個位子。」

我不禁欽佩起雁筑的思慮周到，「妳喔，連這個都能想到，算妳厲害。」

她嘿嘿笑了兩聲，拉起我的手，迫不及待地嚷著立刻出發。

看著雁筑愉悅的神情，我嘴角一勾。

是啊，我們即將要成爲大學生了，要開啓人生的下一篇章了。

成績放榜當天，我整夜翻來覆去，難以成眠，在幾次彷彿將要入睡，但又突然驚醒之後，我索性起床盥洗，不再折磨自己。

走到客廳打開電視，沒多久，一旁的手機忽地傳來震動聲，我滑開螢幕，發現是大考中心寄來的簡訊，想點開，手指卻不停地顫抖，遲遲無法動作，畫面就停在通知頁面上。

「還好嗎？」

猶豫之際，螢幕突然跳出戴河俊的訊息，我先是一愣，隨即回覆：

「我還沒看，倒是你，怎麼這麼早起？」

他已讀後立刻回傳了個笑臉，又回：

「因爲我知道妳會緊張。」

看到那句話，一股複雜的情緒自心底蔓延開，我感動於他的體貼，又心疼他爲我的事情如此操心。

冷靜一點後，我請戴河俊等我一下，鼓起勇氣點開大考中心寄來的簡訊。

無論結果如何，我都做好接受的準備了。

一讀完簡訊，我心跳逐漸加快，嘴角亦跟著上揚，高興得差點沒從椅子上跳起來。

我連忙把通知截圖傳給戴河俊，他馬上傳了好幾個恭喜的貼圖，並提議吃飯慶祝。

和他又聊了一陣子，也許是心中的重擔終於放下，也或者是昨晚睡眠不足，一陣濃濃的睡意朝我襲來，我的眼皮愈來愈重，在半夢半醒間，我對戴河俊說我先去小睡片刻，晚點再聊。

「好好休息，下午才有力氣慶祝。」

讀完他傳來的最後一則訊息，我便昏沉睡去。

謝師宴那件事後，戴河俊待我依舊一如往昔，沒有絲毫改變，我雖然鬆了口氣，但心裡仍有些難受。

我寧願他不理我，或向我發脾氣，也不希望他把所有的情緒隱忍在心底。

因爲我知道那有多痛，所以不忍他也要承受同樣的折磨。

開放填志願那天，我與雁筑還有戴河俊約好碰面，打算一起商量志願排序。

電腦螢幕停留在填寫志願申請表的頁面上，儘管我已經將夢寐以求的前幾個志願填入表中，卻還有將近九十個欄位都是空白的。

不是沒有其他有興趣的學校科系，是我不曉得該怎麼調整填寫志願的順序。

「直接依成績順序排不就好了？」雁筑不解地皺起眉頭，「總共有一百個志願任妳填，還怕填不完嗎？妳看，我都選好五十個了。」

雁筑將她的電腦螢幕轉向我，看完她已填完過半的志願序，我嘆了口氣，朝戴河俊望去。

察覺到我的目光，他轉頭與我對視，勾起嘴角，溫聲道：「我知道妳的顧慮，但不用在意我。」

「可是……」

「原來妳這麼猶豫是因爲戴河俊啊。」雁筑笑著調侃，「眞是令人羨慕的煩惱啊，哪像我都沒得掙扎。」

我瞪了她一眼，無奈地說：「拜託，妳不幫我就算了，還在幸災樂禍。」

「哪有啊！我是打從心底羨慕妳耶。」雁筑一臉無辜，嘟嘴反駁，「好啦，妳是想選離臺中近一點的學校，不過這樣就得捨棄掉一些不錯的選擇，所以妳才會無法決定排序，對吧？」

我點點頭。

戴河俊神情認眞，「妳不用顧慮我，直接照成績排序就行，即便我們未來身處不同縣市，假日還是能見面啊，也可以每天通電話、視訊。」

我的眉頭不自覺擰起，把視線移回螢幕上。

一旁的雁筑揶揄地附和：「我相信你們經得起距離的考驗啦，妳想想，戴河俊平時對誰都是一張冰山臉，妳就不用太擔心了。」

雁筑的話使我下意識地抿了抿唇，臉色一沉。

戴河俊似乎注意到我低落的情緒，伸出手輕撫我的頭。從頭頂傳來的溫度，使我原本焦躁的情緒逐漸平靜，我抬頭凝視戴河俊，心倏地一緊。

「別想這麼多了。」他嘴角的笑意始終沒有褪去，「再說，該緊張的人是我吧？」

我瞠大雙眸，不解地問：「爲什麼？」

「怕妳被人拐走啊。」

戴河俊直率的話語，惹得我的雙頰瞬間一熱。

「我不會的。」我莞爾一笑，「所以你也別擔心好嗎？」

他點了點頭，堅定的神情，讓我心頭一暖。

不會的，我們都會好好的。

指考分發結果放榜，我考上了一所位於臺南、鄰近火車站的大學。

我和雁筑很巧地被同一所大學錄取，雖然不同系，不過我們依舊十分高興，因爲我們兩個和綵晴的大學都在南部，假日想要見面也比較容易。

戴河俊得知結果後，除了恭喜外，又傳了臺中到臺南的火車時刻表給我，還說搭火車只要兩小時，不用擔心通車時間太長。

望著手機螢幕，我無奈地笑了，戴河俊究竟是認眞的還是開玩笑？

其實對分發結果我並不意外，畢竟事前已比對過各家的落點分析，心裡大致有底了。

而且在志願上傳截止日當天，我特地請綵晴幫我看看志願序有什麼地方要調整，綵晴也給了我不少中肯的意見。

儘管我有問幾個和張承勳交情比較深的同學，可是沒有人知道他考上哪所學校，他們只說這些日子張承勳好像很忙，回訊息的速度慢了許多，問起大學的問題也都是含糊帶過。

不會又考砸了吧？然而我依然沒提起勇氣聯繫他，原本想透過交叉查榜去找，卻發現需要對方的准考證號碼才能查詢，我就索性放棄了。

反正張承勳就算失常，應該仍是能順利錄取新竹那兩所著名大學，我何必替他擔心呢？

隨著開學的腳步逐漸逼近，我收到不少學生會和系學會寄給新鮮人的信，還收到一封有關北友會的介紹，我跟雁筑自然十分雀躍，開始討論起該加入什麼社團比較好。

綵晴看到我們討論得這麼開心，既羨慕又難過，因爲我和雁筑即便不同系，還是能趁社團或其他活動時間相聚，她卻只能獨自待在高雄。

我和雁筑聽出她的落寞，都有些訝異。

不過我細思後就能理解她的心情了，儘管綵晴向來穩重，但大學生活不同以往，必須遠離熟悉的生活環境，開拓全新的生活圈，興奮之餘，難免會有幾分不安。

我和雁筑半是認真、半是玩笑地安慰起綵晴，說也許她能立刻遇到志同道合的朋友；又或許她的室友們都會是很好相處的人，就算她沒有遇到合得來的朋友，我們也可以每個週末都跑一趟高雄，陪她把整個高雄玩遍。

綵晴一聽，原本憂慮的神情逐漸消散，臉上也泛起了笑意。

對於無法預料的未來，我們多少會感到惶恐。

可仔細想想，就會發現沒什麼好怕的，畢竟重要的人會一直陪在我們身邊。

我和戴河俊也是，即使相隔兩地，我也相信，我們之間不會因爲距離改變。

應該不會。

❤

宿舍開放新生入住當天，我和雁筑提著行李一起前往學校，在進入宿舍後便各自前往自己的寢室，期間有好幾個熱心的學長姊跑來幫忙，他們在幫我將行李搬到寢室門口後就直接離開了，我只來得及道了聲謝謝。

這所大學開放新生在入學前，先自行填寫想住的宿舍，再由校方抽籤安排入住順序，我跟雁筑幸運地抽到同棟，雖然不同寢，但相隔距離不遠。

我走進寢室，發現竟是寬敞的四人房，甚至有獨立衛浴，以大學宿舍來說，算是很不錯的配置。

我也注意到已經有兩個室友先入住了，簡單地打了聲招呼，就開始整理行李。

過了一會兒，房門的方向忽然傳來巨大聲響，我轉過頭，看到寢室的門被人用力地撞開。

站在門外的女生頭上綁了個丸子頭，穿著簡單卻不失個性，她一臉歉意地推著行李走進來。

「抱歉、抱歉，我不是故意的，妳們有沒有嚇到啊？」她摸摸頭，不好意思地說：「剛剛進門時，不小心被行李給絆到，對不起喔。」

我搖搖頭，笑著說了聲沒事。

她立刻將手邊的行李往旁邊一擱，快步向我走來，「妳人眞好，遇到這樣的室友實在是太棒啦，我是會計系的葉子渝，叫我子渝就好。」

面對如此熱情的室友，我略微愣住，隨即回：「嗨，我是化學系的紀語霏。」

「語霏嗎？妳的名字眞好聽。」她點點頭，然後轉身向另外兩位室友自我介紹。

我們這寢的四個成員，意外地皆分屬不同系，除了化學、會計之外，還有中文和資工。

望向眼前愉快對談的三人，我的嘴角不由得揚起。

往後的大學宿舍生活，比我想像中更令人期待。

入宿的隔天，化學系的學長姊們邀請系上新生來到系館大樓的教室。

大家興奮地討論不知道接下來會有什麼活動，只見教室中央有張長桌，上面擺滿各種飲料，每杯飲料都貼上標籤，標註了口味與編號。

一位學長拿著籤筒朝我們走來，讓每個人抽籤，籤內的號碼決定了之後挑選飲料的順序。確定每個人都拿到一杯飲料後，學長突然神祕地一笑，「其實剛剛大家在拿起飲料的時候，你們的直屬就已經確定嘍！」

此話一出，全場一陣嘩然。

原來方才長桌上的飲料，是由大二學長姊親自選的，拿到誰的飲料，便會成爲對方的直屬學弟妹，聽說有人喝到一杯無糖的阿華田，是他的直屬學姊最喜歡的口味。

我的直屬，是位戴著黑框眼鏡，看起來很開朗的學長，他渾身散發運動氣息，嘴角似乎總掛著溫暖的淺笑。

他的笑容，使我腦海中頓時閃過張承動的臉龐。我慌張地甩了甩頭，彷彿這樣就能將那個畫面驅逐出去。

「怎麼了？」注意到我的動作後，學長關心地問。

我尷尬地連忙搖搖頭，學長也沒繼續追問。

「對了，我還沒跟妳自我介紹。」他燦爛一笑，接著說：「我是張至宇，是化學系系籃的後衛，剛才拿籤筒給你們抽籤的那位學長，是系籃隊長，偷偷告訴妳，別看他平常笑盈盈的，打起球來，他可是脾氣最臭的那個。」

我反問，「眞的？」

「眞的。」至宇學長認眞地點了點頭，「之前有次和機械系比賽，裁判好幾次犯規都沒看到，他氣得差點衝上去理論，還好有被我們攔住，不然應該會演變成肢體衝突。」

「看不出來學長會這樣。」我不敢置信地驚呼出聲。

「我起初也很震驚，還猜他是不是有雙重人格，但久了就習慣了。」至宇學長聳聳肩，輕笑了聲，「對了，宿舍住得習慣嗎？通常第一天都會特別想念家裡的床吧？」

「是會懷念啦，不過我是個只要有床就能呼呼大睡的人，所以沒有什麼影響。」

至宇學長聽了我的回答後大笑出聲。

之後的活動，是讓新生跟直屬混熟的交流時間。有幾個學長在教室一旁開起桌遊團，至宇學長邀我一起加入，遊戲中時不時傳出的笑聲，逐漸瓦解了我原來略微不安的情緒。

學長姊們比我想像更熱情，使我能毫無芥蒂地融入他們。

「話說回來，妳期待明天的新生營嗎？」玩到一半，至宇學長忽然問我。

「新生營嗎？」想了想，我語帶猶豫地說：「很期待，可是也有點緊張。」

「別緊張啦，我是新生營的隊輔，會一直跟在你們旁邊，有什麼事儘管和我說，身爲妳的直屬，我會好好照顧妳的。」

聽到至宇學長的關心，我不禁會心一笑。

看來我抽到了一個很照顧人的直屬學長。

活動結束後，我向至宇學長道別。

走回宿舍的路途中，雁筑傳來訊息，說她想去附近的夜市逛逛，我便和她約了七點在宿舍門口見。

回到寢室後，只見房內空無一人，我正準備收拾好東西後出門，這時子渝恰巧回來，問我要去哪裡，聽到我和朋友約了要去逛夜市後，她興奮地嚷著她也想去。

我只好傳了則訊息問雁筑的意見，在雁筑同意後，我們的夜市行，從兩人變成三人出遊。

我們靠著公車跟導航，好不容易才抵達夜市，卻發現裡面人潮絡繹不絕，擠得水洩不通。

「天啊，居然這麼多人。」雁筑目瞪口呆地看向眼前的景象，「不愧是臺南最大的夜市，我總算見識到了！」

相較於雁筑誇張的反應，子渝倒顯得很鎮定，「行了，我們快進去吧，與其站在這裡觀望，不如親自去體驗一下這裡的特色。」

我和雁筑隨即附和。

這座夜市不僅占地面積大，裡頭的攤位更是五花八門，令我們目不暇給。人多的好處就是可以一起分享食物，不怕沒吃幾樣就飽了，能嘗試到各種特色小吃。

我們繞了半圈後，雁筑看到套圈圈的攤販，停下腳步想要玩，怎知她今天怎麼丟就是丟不中了，她氣得將剩下的橡膠圈一併丟出去，仍是一個都沒中，惹得我和子渝哈哈大笑。

之後來到射氣球的攤位，子渝和雁筑皆推說不會玩，我只好一人玩完三局，最後幸運地將一隻小玩偶帶回家。

「眞好，妳竟然有小娃娃，哪像我只有兩顆糖果。」雁筑一臉羨慕，「這安慰獎也太小氣了吧，我付的錢早就超過二十顆糖果了吧！」

子渝調侃道：「別這樣，總比連安慰獎也沒有好。」

看到雁筑因爲子渝的調笑更加委屈了，我也跟著笑出聲。

又逛了一會兒，大家都有些疲憊了，便坐在附近的空地聊天，當子渝知道我和雁筑是高中同班同學時，直呼難怪我們兩個感情這麼好，然後無奈地表示，她的朋友全在北部，在這所大學裡都沒有熟人，很羨慕我們可以同校。

「幸好有跟妳們一起出來玩，不然我一定會悶死在宿舍。」子渝笑盈盈地對雁筑說：「而且還認識了這麼有趣的朋友，眞開心。」

「沒有啦。」雁筑不好意思地摸摸頭。

我看向她們，臉上又泛起了笑容，「我突然發現妳們眞的好像。」

聽到我的話，兩人幾乎是異口同聲地反駁：「哪有！」

下一刻，她們轉頭對視幾秒後，同時笑了出來。

這時我包包中的手機傳來震動，我連忙拿出手機，見到螢幕名稱的來電顯示後，嘴角的笑意更深了些。

雁筑見狀，故意用曖昧的語氣催促我接電話，一旁的子渝則一頭霧水地看我們。

我笑著睨了眼激動的雁筑，接起電話：「喂？」

「大學生活如何？還適應嗎？」低沉的嗓音從電話另一頭傳來，使我的心泛起了陣陣漣漪。

我輕笑了聲，「還不錯，你呢？」

「那就好，我這裡也還不錯。」戴河俊也低笑了起來，他的笑聲依然如此溫柔。

他突然興奮地說：「我第一次覺得世界眞的很小，妳猜猜看我在體大遇到誰？」

我努力想了一遍以前的高中同學，卻想不出個所以然，「……不知道耶。」

「是江紹謙。」見我對那個名字的反應不大，戴河俊立刻補充：「就是之前縣賽認識、後來在全中運摘下銅牌的那個褐髮男生，妳有印象嗎？沒想到我們不僅同校，還同個寢室。」

原本有點納悶的我，頓時驚呼出聲。

得知江紹謙讀體大我並不意外，畢竟以他的實力和多項比賽的戰績，會繼續在短跑上精進是理所當然的，但沒想到緣分竟巧成這樣，讓他們兩個同寢。

從勁敵，到惺惺相惜的知己，再變成室友，他們還眞有緣。

我又與他閒聊了幾句，眼看時間不早，不好讓她們兩個在旁邊等我，我對戴河俊說晚點回宿舍再聊，便掛斷電話。

回學校的途中，子渝興奮地追問我和戴河俊的相識過程，她的表情及語氣，簡直跟雁筑聽八卦時如出一轍。

「子渝有男朋友嗎？」雁筑好奇地問。

「沒有，我高中讀女校，所以沒什麼機會和男生接觸，雖然在補習班有被搭訕過幾次，可是那些男生都不是我喜歡的類型。」子渝搖了搖頭，「我喜歡溫柔體貼、個性開朗的男生。啊、如果會彈吉他就更好了！」

聽到子渝的回答，雁筑皺起眉頭，朝我投來擔憂的目光。

我明白她的憂慮，因爲子渝形容的理想型，和張承勳實在太像了。

沉默幾秒，我勉強勾起嘴角，「是嗎？希望妳能遇到理想對象嘍。」

「是啊，能遇到就太好了。」子渝點點頭。

在那之後，雁筑不停轉頭察看我的表情，我回了個笑容要她放心，然而她們接下來的對話，我卻一句也沒聽進去，腦中一片混亂，無法專心思考。

在那一刻，我才驚覺，原來自己仍舊沒有釋懷。

張承勳始終占據我的心上。

♥

新生營當天，身爲領隊的至宇學長舉著系牌，在最前方指揮隊伍前進，身爲直屬學妹，我自然不忘誇獎他這隊輔當得十分稱職。

「妳就算拍我馬屁也沒糖可吃！學長現在很窮。」

「沒關係，學妹會期待家聚的到來，請學長在那天前多存點錢吧。」

我的回答惹得學長哭笑不得，他擺出委屈的表情說：「學長會被妳吃垮的。」

我噗哧一笑。

我們走進講堂，根據工作人員的指示，在舞臺正前方的空位坐下。聽至宇學長說，新生營的座位向來是按院系劃分，同學院的系所通常會集中在同一區塊。

就座後不久，當我和至宇學長聊得正起勁時，我們左邊來了個男女比例懸殊的隊伍，只有零星幾個女生在其中，很有可能是工學院的系所。

至宇學長這時湊近我，小聲地囑咐：「他們是化工系，化學系跟化工系向來常有交流，妳可以找機會多認識些化工系的朋友，有利以後兩系合辦活動。」

我好奇地看向朝我們走來的隊伍，那道身影卻意外進入我的眼中，我難以置信地眨了眨眼，發現自己並沒有看錯，目光就定格在那人身上。

他似乎注意到我的視線，停下了腳步，回過頭望向我。

果然是我既熟悉又陌生的那個人，那個總是令我心亂如麻的人。

我對上他的雙眸，好不容易平穩的情緒，再度掀起濤天巨浪，毫不留情地將我的理智吞噬。

然而張承動十分鎮定，我們的相遇，似乎早就在他的預料之中。

「怎麼了?妳還好嗎?」察覺到我不對勁的反應，至宇學長關心地問。

我怔怔地看了一眼學長，再轉頭瞥了眼張承動，此時他坐在離化學系最遠位子，可我能感受到他的眼光依舊停留在我身上。

我回過頭，搖頭向學長示意沒事。

儘管至宇學長的神情仍然帶著幾分疑慮，但貼心地沒再追問。

「各位學弟妹們，大家好——」主持人的聲音從舞臺傳來，現場立刻響起熱烈的歡呼聲。與周遭歡樂的氣氛相反，我的心情和思緒彷彿凝結般，腦袋浮現的盡是方才的畫面，整顆心宛如被張承勳給填滿，無力思考其他事。

爲什麼張承勳會和我同校？

難道他眞的考砸了？

自張承勳出現起，我始終心不在焉，活動期間至宇學長不停關心我，雖然我努力佯裝沒事，最後他還是看不過去，開始逼問我發生什麼事了。

「……我只是心情不好。」幾番掙扎後，我說。

學長嘆氣，「語霏，新生營是所有工作人員花了許多心血替你們辦的活動，我希望妳能暫時放下煩惱，和大家一起享受活動。」

我緊抿嘴，不知該如何回話。

「好啦，別難過了，要是等一下妳可以開心地參與活動，學長就努力存錢，家聚請妳吃豪華點，這樣夠意思吧？」至宇學長微笑輕拍我的頭。

我原本低垂的嘴角，因爲學長的勸慰而微微上揚，「……好，謝謝學長。」

是啊，與其無謂地琢磨原因，倒不如直接約張承勳問清楚。

爲什麼我要自尋煩惱，還爲此錯過學長姊用心準備的新生營呢？就算再低落，也不該辜負他們用心的演出。

❤

新生營結束後，我傳了則訊息給張承勳，約他見面談話。

張承勳立刻讀取了訊息，卻遲遲沒有回覆，我有點害怕他不會赴約。

站在國泰樹前，我擔憂地左右張望，緊張的情緒隨著時間的流逝愈演愈烈，過了不久，只見張承勳從遠處不疾不徐地朝我走來。

這張總出現在我夢裡的臉龐，讓我的心跳不由得落了一拍。

當張承勳走到我面前時，我只能愣愣望向他，什麼話也說不出口。

張承勳率先打破沉默，輕聲道：「好久不見。」

我對上他的眼眸，眼眶瞬間一熱，深吸了口氣，聲音止不住顫抖，「……好久不見。」

曾經，我害怕自己太過眷戀太陽的溫度，會沉溺其中不肯離去，於是主動逃離有它照耀的世界。然而，伴隨那句短短的問候，我才明白，即便我逃得再遠，張承勳依舊在我心中。

我忍住即將奪眶而出的淚，嘴角泛起苦笑，那句好久不見，像是刺進心坎般，令我隱隱作痛。

我和張承勳誰也沒再開口，沉默在我們之間蔓延。

時間好似被凍結了，幾乎忘了往前走，又或者，捨不得往前走。

我凝視著張承勳的眉眼，一筆筆地勾勒出回憶中他的模樣，替我披上外套時的溫柔眼神，以及謝師宴那天激動的表情。

「你是不是早就知道我們同校？」吸了一口氣，我主動打破沉默，「原本我以爲這可能是巧合，但你見到我的反應那麼鎮定，就像是一切都在你預料之中。」

「我不曉得你是因爲考試失常，或者是其他原因進了這所學校，可是既然你早知道我們同校，爲什麼之前不和我說一聲？」我皺起眉頭，有些微微的憤怒，「難道在你眼裡，我們連朋友都不是了？」

張承勳立刻反駁：「我從來沒這麼想。」

「那你爲什麼不告訴我？」

張承勳望向我，他的眼裡蘊含太多我無法讀清的情緒。

「如果我說，我是爲了妳選這所學校，妳會生氣嗎？」張承勳慢慢地開口：「我怕妳知道眞相後會離我更遠，所以才不敢和妳說，也不想和任何人提起。」

張承勳臉上雖然掛著微笑，卻笑得無奈。

一股複雜的情緒頓時浮現心頭。

以朋友的觀點來看，能和張承勳同校我自然很高興，不過他是故意選擇與我同校……我該覺得生氣嗎？

我曾對張承勳畫下友誼的界線，叫他別再做出曖昧的舉動。

但當他為我做出這種傻事時，我竟連絲毫的不悅都沒有，甚至還有股隱密的歡喜悄悄在我心中蔓延開來。

這種矛盾的心情，連我自己都無法釐清。

搖了搖頭，我試圖將這些惱人的思緒拋在腦後。

稍微冷靜過後，我才意識到事情的蹊蹺之處，「你知道我的志願序和成績？否則你怎麼能猜到我的落點在哪兒？還確定我會錄取這所學校。」

張承動表情為難地鎖緊眉頭。

見他閉口不答，我將所有的可能想過一遍。

只有幾個好友跟家人知道我的志願序，我相信戴河俊不會把這件事告訴張承動，即使雁筑平時傻里傻氣的，也不至於會沒心眼到對張承動提起。

在刪去種種可能後，我的腦袋只剩下一個名字。

我倒抽了口氣，張承動在看到我的反應後，別開了視線。

我猶疑地說出自己的推測：「是……綵晴？」

張承動沒有回話，不過我從他的眼神中得到了確認。

真的是綵晴，為什麼她要和張承動說呢？

我能感覺得出綵晴雖沒有多言，不過她始終對於我和戴河俊交往存有疑慮。然而就算她知道我喜歡張承動，也明白我答應與戴河俊交往，並非全然出自於喜歡，我依然怎麼樣也沒想到，居然會是她把張承動再次帶入我的生活。

她明明了解張承勳不是我能擁有的人啊！

「語霏！」見我轉身，張承勳抓住我的手，「妳是要打電話問方綵晴嗎？」

我頭也沒回，冷聲說：「如果我說是呢？」

「妳如果想問，我也沒有立場阻止。」張承勳加重了握緊我的手的力道，不讓我離去，「但請妳不要怪她，方綵晴起初也不願意和我說，是我求了她好幾天後，她才勉強答應的。」

我沉默半晌，嘆了口氣，輕聲道：「你放心，我沒有要怪她，我只是想知道她爲什麼要把我的志願序告訴你。」

聽到我的話，張承勳緩緩鬆開手，沒有再多說什麼。

「還有……」我停下腳步，轉頭望向張承勳，苦笑，「我從沒想過你會跟著我來到這所學校，朋友再有義氣也不是這樣當的吧？」

他沉默地緊盯著我，見他沒有回答的打算，我正想離開時，背後忽然傳來張承勳的聲音。

我再次轉頭看向他。

「不是對朋友的義氣。」他的聲音低啞，「是因爲妳。」

他認眞的雙眸映入我的眼中，深深刻印在我的心底。

♥

走進宿舍大樓，我遠遠就看到雁筑站在我的寢室前。

「急死我了，妳好晚回來喔，有件大事要跟妳說，我剛剛才知道張承動念我們學校的化工系！妳是不是去找他了？」

「妳也知道了？」

「是啊，新生營結束時，我看到化工系有個男生長得很像張承動，我還以爲自己眼花了，後來一時興起問化工系的室友，才發現眞的是張承動，我們三個居然同校！」雁筑語氣激動地轉述她聽到的八卦，「張承動因爲長得帥，個性又溫柔，很快就引起化工系所有女生的注意，甚至有學姊主動和他要Line。」

我斂下眼簾，淡淡地回：「是嗎？」

「妳怎麼這麼冷靜啊？還是驚訝過度，一時被嚇傻？」雁筑見我反應不大，無趣地嘟起嘴，「話說回來，他爲什麼會只考上我們學校啊？難道又考砸了？」

我無奈地替張承動解釋：「他是故意塡這裡的。」

「啊？」

我停了幾秒，才開口，「妳知道綵晴把我的志願序傳給張承動看嗎？」

雁筑瞬間愣住，忍不住驚呼：「天啊，妳確定是綵晴嗎？她不可能會做這種事吧？就算是眞的好了，可是張承動……他竟然爲了妳放棄其他更好的學校，豈不是和瘋了沒兩樣？」

是啊，連我都認爲張承動大概是腦袋壞了，才會做出這種事。

我的心因爲張承動的出現盪起漣漪，又因他過於曖昧的行徑掀起波瀾，久久無法平息。

和雁筑談完後，我撥了通電話給綵晴，她一聽到我口氣嚴肅，馬上明白我想問什麼，便與我約當面談，她怕電話裡說不清楚。

禮拜六下午，我跟雁筑來到學校附近的一間美式餐廳，之所以會選擇這裡，是因爲這裡的氛圍與Ocean有點相像。

原本我是叫綵晴到火車站後打給我，我和雁筑再一起去接她，畢竟這間座落在偏僻巷弄裡的餐廳不是很好找，不過當我們走進餐廳，就發現綵晴早已入座。

我訝異地看著綵晴，「妳怎麼找到這裡的？」

「我用Google Map，想說別給妳們添麻煩，就自己找來了。」綵晴滿臉笑容，然後她把目光移到雁筑身上，「好久不見，雁筑。」

雁筑高興地撲上前抱住綵晴，直喊：「天啊，綵晴，我好想妳喔！妳在新環境過得好嗎？」

「很好、很好，妳快要把我抱到變形了。」綵晴笑盈盈地輕輕推開雁筑，「妳們呢？別只顧著問我，也說說自己的大學生活。」

「很好啊，系上同學和室友都挺熱情的，可惜班上少了妳跟語霏，如果還能同班就好了。」雁筑笑著回答，轉過頭問我：「語霏呢？班上風氣怎麼樣？室友應該不用擔心吧？上次逛夜市時，我覺得子渝人還不錯。」

我不禁笑出聲，「她根本是妳失散多年的姊妹。」

「才不是咧！」雁筑急忙反駁。

「什麼意思？是指她們長得很像嗎？」綵晴一頭霧水。

「不是，是個性就像雁筑的翻版。」我扯開嘴角，「說到班上同學，我其實還沒認識幾個人，但我的直屬學長人很不錯，他有在打系籃喔。」

「系籃？」雁筑的眼睛瞬間亮起來，興奮地抓住我的手，「有機會妳一定要把那個學長介紹給我，運動型的男生最帥了！新生盃他會出現嗎？」

「新生盃？」

「對啊，妳不知道嗎？學校每年開學都會舉辦新生賽，給剛入學的大一或碩一參加。」雁筑解釋，「可能我們系特別在乎這項比賽吧，學長姊每天都在說今年非要拿下冠軍不可，聽說之後還要密集特訓。」

我和綵晴聽了都不禁露出驚恐的表情。

「天啊，眞慘，不過這和學長有什麼關係？」我問。

「因爲系上球隊的學長通常會幫忙學弟妹啊，就有點類似教練的感覺。」雁筑拉起我的手央求，「所以我有機會看到妳的直屬嗎？有嗎？」

「看妳這個花癡樣。」我笑了起來，彈了下雁筑的額頭，「應該不會是他幫我們訓練啦，或許是我們的系籃隊長，不過我到現在才知道有新生盃耶。」

雁筑按著額頭，滿臉委屈，「妳很壞耶，我只是想看看妳的學長而已嘛，話說回來，妳說化工系有沒有機會擠進冠軍賽啊？我聽系籃的學長姊說，化工系在籃球賽的表現向來不錯，加上今年有張承……」

雁筑大概是意識到自己提起了不該提的名字，忽然停下話來，隨即慌張地道歉：「對不起，我不是故意提到張承勳的……」

我伸手輕拍她的頭，「沒關係，反正我們今天本來就是要談他的事，妳只是幫我們提早進入重點罷了，妳沒提起他，我和綵晴還不知該如何開口。」

綵晴認同地點了點頭。

雁筑這才鬆了口氣，過了片刻，她向綵晴提問：「綵晴，眞的是妳把語霏的志願序透露給張承勳知道的嗎？」

綵晴頓了一會兒，輕輕地點頭。

「眞的是妳？」雁筑一臉不可置信，「從高一認識妳到現在，妳的爲人我再清楚不過了，爲什麼——」

綵晴語氣平淡地打斷雁筑的話，「因爲語霏連自己的心意都不明白。」

綵晴的聲音是如此平靜，卻又答得堅決，不僅讓雁筑愣住，連我也一怔。

「那時，當語霏決定要去縣賽後，我就有預感她和戴河俊之間的關係會產生變化，我希望那只是我多想了，因爲語霏有多喜歡張承勳，我一直都看在眼裡。」綵晴繼續說：「然而縣賽後，語霏卻突然跟戴河俊交往，我能理解但是心裡總有點不安，我怕到頭來受到傷害的不只有戴河俊——」

綵晴望向我，神情認眞：「還有妳，語霏。」

我不由得撇開視線。

「可是，妳怎麼確定語霏和戴河俊交往一定會以失敗收場？他們現在不是好好的嗎？」雁筑不解地反駁：「我也知道語霏對張承動的心意，但從她和戴河俊交往以來，她一直都小心翼翼地維持這段感情，她的用心我也有感受到。」

「如果他們真的相愛，又何必戰戰兢兢地維持這段關係？」綵晴搖頭苦笑，「其實這段感情會如何發展，關鍵始終掌握在語霏手上，我一開始只是有點懷疑，不過謝師宴那晚當我看到語霏和張承動談話後的反應，心裡就已經有底了。」

綵晴看著我的眼神裡夾雜著不捨，「當然我也希望語霏和戴河俊能順利地交往，可是語霏仍然在意著張承動，只要她無法割捨對他的感情，那麼她和戴河俊的感情就注定會失敗。」

我忍不住擰起眉頭，「所以妳才把張承動推向我？」

「對，妳想罵我也無妨，但我不願看妳勉強自己和戴河俊交往，時間拖得愈長，只會讓妳內心的愧疚愈深罷了，妳已經爲張承動痛過一次了，難道還想再爲戴河俊痛第二次嗎？」綵晴深吸了口氣，語氣沉重：「連我這個局外人都能感受到妳的悲傷，當時的妳究竟有多難受？語霏，我是視妳爲知己才會擅作主張，倘若今天同樣的情況套在別人身上，我根本不想插手。」

我轉頭對上綵晴擔心的目光：「……那妳怎麼沒想過，張承動已經有女朋友了，即便我與他再次相聚，他依然不會接受我的心意。」

「是啊，張承動都是有女朋友的人了，語霏再努力又如何？就算最後他和女朋友分手，語霏不也要擔上第三者的罪名？」雁筑附和。

綵晴沉默地看著我們，臉色一沉：「妳沒有追根究柢，怎麼會知道事情的真相呢？」

那一刻，綵晴的神情是如此的複雜，讓我無法解讀。

我跟雁筑始終不懂綵晴那句話的含意，最後綵晴只向我淡淡地說了聲加油，便準備出發返回高雄。

我知道綵晴肯定曉得一些我不知道的關鍵，可是卻不肯直接告訴我，而且她還要我加油，是希望我繼續爲張承勳努力嗎？

但我已經爲此摔過一次了，那椎心刺骨的痛，我沒有勇氣再試第二次。

雖然綵晴解釋了她將我推向張承勳的理由，卻留下了更多的謎團。

回到宿舍，子渝瞧我滿臉愁容，連忙過來關心我，即便我尷尬地含糊應答，她一定也看出了我的支吾其詞，卻仍對我說，只要有煩惱隨時都可以和她傾訴。

她的關懷，就像當初綵晴跟雁筑在我失戀時一直陪在我身邊一樣，使我的心頓時暖了起來。

走出浴室，子渝指了指我放在桌上的手機，「語霏，妳的手機剛剛響了，要不要看一下？」

拿起手機，看到螢幕上的未接來電，猶豫片刻後，我還是按下了撥號鍵，「怎麼了嗎？」

「沒什麼，只是看妳一直沒回訊息，有點擔心。」聽到戴河俊這麼說，我瞬間心一緊。

「妳好像很累，還好嗎？」

我逞強地佯裝沒事，「……沒事啦。」

「眞的？」戴河俊語氣懷疑地又再問了一遍，在我說出相同的回答後，便沉默下來。

正想他也許是生氣了，他溫柔的低音再度傳入我的耳裡，「語霏，妳明天有空嗎？」

我一怔，「我明天有空，怎麼了？」

「我想見妳。」戴河俊輕笑了聲。

他的話語，再次不偏不倚地壓在我愧疚的心上，幾乎要令我不堪負荷。

我閉上眼，輕聲回：「……好。」

話音一落，我就明白明天的見面，將會是我們這段關係的轉捩點。

放下手機，我看到子渝一臉興奮地對我說：「講完了？開始想男朋友了吧？畢竟最近開學一堆活動，忙得不可開交，很難抽空與分隔兩地的男友相見，難怪妳會苦著一張臉了。」

「或許吧。」我瞥了眼手機，苦笑，「不過明天就能見面了。」

「明天？他明天要來臺南找妳嗎？」子渝眼睛一亮，「哇，才剛開學他就馬上跑來找妳，可見他眞的很喜歡妳，一刻都不想和妳分開呢。」

是啊，戴河俊總是傾盡全心地對待我，而我呢？連自己的心意都弄不清楚，怎麼能說自己是眞心對他的。

想到這裡，我嘴角的弧度，又多了幾分苦澀。

隔天早上，還沒走到校門，我就看到戴河俊站在校門口，吸引了不少女生的側目。

見我向他走去，戴河俊原本冷若寒冰的臉，霎時泛起了幾絲笑意，在周圍徘徊的幾個女生注意到我站在他身旁後，便一溜煙地離開了。

我忍不住調侃：「你還是一樣，到哪裡都這麼受歡迎。」

戴河俊本有點疑惑，在發現那幾個落荒而逃的女孩之後，才恍然大悟。

他輕笑了聲，「可是我眼裡只有妳。」

他這番話使我的心愈發難受了起來。

「導遊，帶我去臺南逛逛好嗎？」

「好是好，不過導遊我待在臺南的資歷只有短短幾天，這位客人如果不嫌棄，我就帶你去吃我知道的傳統美食，如何？」我刻意作出歡快的模樣。

「怎麼會嫌棄呢？」他淺淺一笑，牽起我的手，「走吧。」

拜至宇學長在直屬活動時分享的美食心得所賜，我和戴河俊的臺南小吃行才沒有草草結束，臺南的美食幾乎都是銅板價，便宜又可口，美中不足的是有些店鋪沒有冷氣，坐在店裡還沒吃上幾口就先流了一身汗。

儘管時序已進入秋季，但在臺南完全感受不到絲毫涼意，大部分的人仍是一身夏天的裝扮。

「好熱，」抹去額頭上的汗水，我皺起眉頭，「眞怕四年後我不僅會肥一圈，還會黑好幾個色階，臺南的太陽眞的太大了。」

戴河俊聽著我的抱怨，唇角微微勾起。

我跟戴河俊吃飽喝足後去到校園裡散步，順便消食。

我覷了眼戴河俊，「最近怎麼樣？開學後很忙吧？」

「還好，太忙就沒時間來找妳了。」他與我相視而笑，「體大的教授和教練都很好，雖然訓練的強度比起高中時增加許多，我還是很開心。」

聽到戴河俊這麼說，我由衷爲他感到高興。

他又開口：「可能因爲同寢又同在短跑領域的關係，我和江紹謙愈來愈熟了，除了一起吃飯，他也約我一起夜跑，他說他晚上如果沒有充分運動會睡不著。」

我不由得感嘆：「還眞是符合他的風格，江紹謙給人的感覺總是神采奕奕的，彷彿有用不完的精力。」

戴河俊笑了笑，點頭表示認同。

又走了一段路後，他緩緩開口：「那妳呢？」

「嗯？」

「這幾天過得還好嗎？」

他突如其來的提問，使我愣住，不自覺低下頭迴避戴河俊的視線，「……還不錯。」

他沉默地注視著我，隨著他的目光停在我身上的時間愈長，我的心也跳得愈來愈急促。

好半晌，他輕聲道：「無論發生什麼事我都願意聽妳說，所以妳不用逞強假裝沒事，好嗎？」

戴河俊緊蹙起眉，將手覆在我的臉上，他的動作那麼溫柔、那麼暖，我的眼眶不禁紅了起來。

我實在沒有資格擁有他的關心。

「倘若妳連在我面前都必須僞裝，我這個男朋友豈不是當得太不稱職了嗎？我之所以牽起妳的手，就是想好好守護妳、珍惜妳。」他斂下眼，低聲說：「所以別再對我隱瞞了，好嗎？」

戴河俊的話就像是最後一擊，輕易摧毀了我心裡搖搖欲墜的高牆。

這時我才意識到，原來在不知不覺中他早已走入我的心，並占據了一部分的位子，無關乎愛情，卻是超越普通友情的存在。

「張承動……張承動也在這所學校。」我忍住鼻酸的衝動，緩慢地說。

戴河俊的眼底閃過一絲震驚，隨即恢復如常，他靜靜地輕撫我的臉。

過了許久，他臉上掛起一抹淺笑，「是嗎？」

「……你不生氣嗎？」面對他平靜的反應，我所有的情緒似乎頓時都凝滯住，甚至忘了該擺出什麼樣的表情。

戴河俊搖了搖頭，反問：「我爲什麼要生氣？」

「也不是生氣……該怎麼說才好？」我也不清楚，自己究竟想看到戴河俊有什麼樣的反應，只是他的表現太過鎮定，讓我害怕起他是否又爲了我在忍耐著？

戴河俊輕笑解釋：「張承勳和妳同校又不是妳的錯，我爲什麼要生氣？眞要說有什麼感覺，應該是緊張吧？即便你們有交集，我也沒關係的。」

「沒關係？」

他點點頭，嘴角的笑意更深了些，「嗯，因爲我相信妳。」

戴河俊的信任宛如巨石，壓得我近乎窒息，望著他臉上的淺笑，我的心底忽然湧現濃濃的悲傷，以及對於他的愧疚。

我苦笑，「連我都不敢相信自己了，你又怎麼能全然地相信我？」

戴河俊神情一黯，笑容也染上幾分哀傷。

「這麼說也許很像在逃避，但我也只能選擇相信妳，不是嗎？」戴河俊徐徐地開口，「畢竟我們現在相隔太遠，我無法在妳出事時陪伴妳，或在妳痛苦時給妳依靠，電話可以瞞住太多事情了，就像這次，假如我沒有來找妳，妳是不是打算獨自承受這些事？」

我別開了視線。

「是我要妳按成績排序填志願的，所以我不怪這一切。妳剛剛問我生氣嗎？我可能有點生氣吧，不過我氣的，不是妳和張承勳。」他的語氣滿是自責，「我氣的是沒有能力陪在妳身邊的自己。」

「戴河俊……」我走上前攬住他，「你別總是責怪自己好不好？這不是你的錯啊，是我不好，明明知道自己還沒忘記張承動，卻自私地選擇與你交往，才讓你傷得這麼重……」

正如綵晴所說，到頭來這段感情竟使我跟戴河俊皆落得傷痕累累。

「我早說過了，妳根本就不喜歡戴河俊，妳只是在利用他而已。」

「妳之前輕視我不擇手段追求他的行為，但像妳這種利用他人感情的人，有什麼資格看不起我？」

這時我突然想起白羽歆曾說過的話，這才終於明白，為什麼當時我無法反駁白羽歆了，因為她雖說得狠毒，可都是事實，我只是在利用戴河俊來逃避張承動帶給我的痛，利用他的溫柔來撫平我的傷疤。

看著被我傷得千瘡百孔的他，我不忍、也不願讓他再傷害自己了。

「夠了、真的夠了。」我加重了力道，將戴河俊抱得更緊，我能感覺到他的身體瞬間一僵，「你沒有理由繼續珍惜那麼自私的我，我知道你是真心喜歡我，所以才願意包容我的一切，即使難過也不說。」

我深吸了口氣，語氣哽咽了起來：「但你知道嗎？當看到你勉強笑著說沒關係時，我真的沒辦法再看你為了我而不停的忍耐，然後繼續傷害自己了。」

他愈是逞強地說自己不疼，我愈加不忍。

戴河俊伸出手，輕輕地回擁我，身體微微顫抖著，「妳……難過嗎？因為我而難過？」

我用力地點點頭，「嗯。」

在聽見我的回答後，戴河俊將我抱得更緊，把頭靠在我的肩膀上。

耳邊頓時傳來幾不可聞的啜泣聲，肩頭的濕潤更令我心頭一緊。

我究竟將這個溫柔的人，逼到了怎樣的絕境呢？

我心中空落落的，僅剩那止不住的寒意。

Chapter 6

在我們情緒都比較平穩後，戴河俊又牽著我在校園裡漫步了一會兒，我們默契的一路上都沒再提起剛剛的話題，或許有些鴕鳥心態，可眼下的我們，有誰能理智地面對這段戀情呢？

直到道別時，戴河俊叫我別送他了，他想趁去火車站的這段路，好好調整一下自己的情緒，順便想點事情。

回到宿舍，子渝詫異地看向我，她嘟囔著見到男朋友，應該要高興才對，我怎麼會神色看起來如此憂傷？

我只是聳聳肩，勉強地笑著回她說自己沒事。

子渝略微不悅地責問我，「昨天妳也說自己不要緊，不過妳的表情可騙不了人。我和妳的交情也許比不上妳跟雁筑，可是我好歹也是妳的朋友，妳卻連實話都不願意對我說？」

望著子渝激動難平的臉，我低下頭。

「行了，別老低著頭，被別人看到還以爲我在欺負妳。」子渝連忙拍了拍我的手臂，嘆了口氣，「我不是故意要凶妳，不過我眞的有點生氣，雖然和妳認識不久，但我已經把妳當成我的朋友了，妳和我這麼生疏我能不難過嗎？」

「對不起，我不是有意的……」我只是習慣把事情都藏在心底。

其實我原本的個性不是這樣的，一開始遇到傷心的事還會想找人傾吐，然而在發現身旁沒有願意傾聽的朋友後，就逐漸學會了隱忍一切。

好不容易在高二遇到雁筑跟綵晴，我也因爲害怕她們厭煩我，不敢說出自己眞實的心情，沒想到反而令綵晴感到不被信任，現在的子渝就像當時的綵晴，儘管兩個人表達的方式都有些直接，可都是爲了我著想。

隨著相處的時間增加，我漸漸會主動向雁筑和綵晴分享心事，不過我和子渝畢竟才只認識一週左右，所以我仍不敢輕易地對她坦承相待。

子渝說完那句重話後，也對我道歉，並和我解釋，對她來說只要是她認定值得深交的朋友，不論認識時間長短，她都會把心底話告訴對方。

我們兩個也因此聊了起來，我順勢將我與戴河俊之間的事，簡單地和她交代一下，也有提起張承動，但我以代號稱呼他們，沒有說出名字。

「依我聽來，我覺得妳比較喜歡現在和妳同校的男生。」子渝嘆了口氣，「妳高雄的朋友說得很對，當初妳就不該答應和臺中的男生交往，如今讓你們兩個都受傷。」

我黯然地閉了閉眼。

「對了，那個和妳同校的男生，是什麼系的啊？」子渝好奇地問，見我沉默，她尷尬地笑了幾聲，「好吧，妳不想講也罷，有機會我再幫妳一把吧。」

我朝她勾起嘴角，「謝謝，我想順其自然就好。」

子渝凝視我的眼神流露出對我的不捨。

這時我完全沒料想到，子渝竟會爲我們這段三角關係，帶來了巨大的變化。

新生盃正式開跑後，學校的籃球場及排球場總是人滿爲患，也有耳聞幾個系所，宣稱將會奪下今年的新生盃冠軍。

雖然化學系在籃球賽的氣勢不差，但比起那些人數多、體育人才也多的學系仍遜色不少，不過系籃的學長姊們依然不斷勉勵新生，要他們在比賽結束前別輕言放棄，尤其是至宇學長和系籃隊長在每次練習結束後，還會留下來陪那些想多訓練的新生們打球。

可惜的是，化學系僅止步於八強。

「沒關係，你們每個人都表現得很好，你們的努力我們都有看在眼裡。」系籃隊長一一擁抱著參賽的選手，眼淚就這麼掉了下來，明明自己難過的程度不輸給別人，還是不停鼓勵大家，要大家別氣餒。

至宇學長則告訴大家，系際盃再接再厲，一次的失敗不算什麼。

儘管學長們這樣說，可是之前從至宇學長口中得知化學系已經連續兩年都有擠進前四強，他們當然期盼今年能夠拿下冠軍賽的資格，即使結果不如預期，但是至少大家都努力過了。

「語霏，後天是新生盃籃球的四強賽，妳要去看嗎？」子渝興奮地拉著我的手，語氣激動，「我是會去啦，因爲我們系有打進前四強，妳要不要一起來？」

「所以是哪四個系打進四強？」自從化學系被淘汰後，我就沒關心過籃球賽了。

「首先有我們會計系嘛，然後是機械、電機……還有化工。」

「化工？」聽到這個科系，我一怔。

子渝仔細分析，「對啊，據說化工系這幾年都有打進前四強，可惜之前幾乎都是季軍或殿軍，有次好不容易挺進冠軍賽了，最後還是敗給機械系。」

子渝一臉八卦地接著說：「不過，前幾天我聽我們系籃的學長在討論，說今年化工系有個非常厲害的新生，不僅速度快，連射籃也很準，前天的四強資格賽我有去看，那個背號十號的選手眞的很強，單場就拿了三十多分，簡直是壓著對方打嘛。」

「……妳知道他的名字嗎？」我突然一陣緊張。

「怎麼了？妳也想認識他嗎？」子渝嘿嘿地笑了幾聲，「確實啦，那個男生不僅球打得好，人也挺帥的，感覺超符合我的理想型，好像叫……張逞動吧？」

聽到她說錯名字，我不禁笑出聲：「是張承勳吧？」

雖然從子渝口中聽到他的名字我有點嚇到，不過對於張承勳會因籃球出名我並不意外，高中時籃球校隊也有邀請他加入，而他以要專心讀書爲由拒絕了。

這藉口一聽就知道是隨意敷衍的，張承勳怎麼可能會想認眞讀書啊！

「對對，就是張承勳！」子渝用力地點頭，不解地皺起眉頭，「妳怎麼知道他的名字？難道妳也偷偷去打聽了？」

我翻了個白眼，「他是我的高中同學，我能不知道嗎？」

「高中同學?眞的嗎?」子渝瞪大雙眼，倒抽了口氣，「眞羨慕妳，有這麼優秀的高中同學，妳和他熟嗎?找個機會介紹我認識一下啊。」

「什麼?」

「我剛剛不是說過，他的外型完全是我的菜，而且聽化工系的朋友說，他好像還會彈吉他，這不正好符合我的理想型嗎?」子渝燦笑，她的眼中像是閃爍著光芒，「好啦，如果妳不想跟我分享資訊的話，我只好靠自己努力了。」

我別開視線，語氣略微心虛，「我不是這個意思，只是……」

「只是?」子渝一臉疑惑。

我斂下眼，說出那個令我難受不已的事實：「張承勳有女朋友了……」

「眞的?」子渝面露訝異，隨即恢復成原來的表情，「他們同校嗎?」

「我不是很清楚，不過應該不同校。」

子渝嘴角的弧度更深了些，充滿信心地說：「這樣說或許有點壞，但既然他們不同校，我才該努力去爭取啊，大家都說距離是感情最大的障礙，這樣我就更有機會成功了不是嗎?」

子渝的誠實與直接使我不由得一愣。

下一秒，子渝愧疚地看向我，「啊、抱歉，我說話太不經大腦了，我沒有要影射妳的意思……」

我搖了搖頭，苦笑出聲，「沒事，我知道妳不是有意的。」

其實眞正令我在意的，是子渝前面的話。努力爭取……才更有機會，是這樣嗎?

「妳沒有追根究柢，怎麼會知道事情的眞相呢？」

這時綵晴說過的話，重新在我耳邊回響，久久無法消散。

最後，我沒去看新生盃籃球四強賽。

當天晚上子渝回到寢室後，劈頭就問我怎麼沒去看比賽，我淡淡地應了句沒興趣。

「沒興趣？」子渝語帶疑惑，「前天妳不是還問我有哪些系打進前四強嗎？我以爲妳會來，還在觀眾區找了好久，結果打電話給妳也不接，害我開場前一直擔心妳趕不上。」

「對不起，我應該早點傳訊息告訴妳我不去的。」我愧疚地低下頭，「今天實驗課結束的太晚，結束後我就直接去吃晚餐，一時忘了。」

子渝揮了揮手，「好啦，妳都這麼有誠意地道歉了，我再叨念妳豈不是太過分。這樣吧，過幾天妳陪我去看新生盃總決賽，就當作是賠禮吧。」

「你們系打進總決賽了？眞厲害！」

子渝搖搖頭，無奈地說：「沒有，我們輸了，打進總決賽的是電機和化工，不過我想去看化工的十號選手！今天忙著幫系上加油，根本沒辦法看隔壁場的戰況。」

見到子渝開心的表情，我不由得有些語塞。

「語霏，我想過了，與其等妳幫我找機會介紹我和張承勳認識，倒不如我主動出擊，假使化工系拿下冠軍，我就去跟張承動要Line。」子渝興奮地和我說出她的計畫。

子渝是很有行動力的女孩，只要是她認定想做的事便會奮不顧身地往前衝，可是我沒想到，她只是因爲張承動符合她的理想型條件，就能下定決心要認識他。

「怎麼了？我說錯什麼了嗎？」看我臉色不對，子渝的語氣略帶擔憂，「是因爲他有女朋友嗎？趁人之危確實不太好，但與其徒留遺憾，我情願勇敢一回，哪怕被拒絕也不要緊。」

我沒有應聲。子渝說對了一半，我的確擔心她會和我一樣受到傷害，不過她的強烈決心才是使我感到不安的主因。

我在害怕什麼？連我自己也不清楚，只覺得好像有什麼事情會發生，心中一片混亂。

彷彿有場風暴正在在醞釀，要將我努力維持的平衡打碎。

❤

「什麼？妳說子渝對張承動有意思？」隔天我和雁筑說了子渝對張承動的心意後，她訝異地說：「天啊，怎麼會演變成這樣的局面？她知道妳和張承動之間的事嗎？」

我搖頭否認，「我有提過，可是子渝不知道那個人是張承動。」

「所以妳打算什麼時候向她坦白？」雁筑神色無奈，「妳總不能一直瞞下去吧？倘若她哪天意外知道了，她會怎麼想？」

「我也不想這樣。」我輕輕嘆氣，內心十分掙扎，「原本我打算趁子渝對張承動還沒眞正陷下去前，把這些事告訴她，不過這不就是直接逼她放棄張承動嗎？我不希望子渝因爲我而放棄。」

「難道妳要等子渝喜歡上張承動後，再被狠狠地傷害？還是妳想眼睜睜看張承動和他女友分手，然後和子渝交往？無論哪個結果妳都不願意看到吧？」雁筑有些激動，可依然認眞地對我說：「語霏，妳要知道，即便今天妳坦白一切，她也未必會打消念頭，要不要放棄的決定權握在子渝手上。」

我一時啞然。

雁筑搖搖頭，又開口：「前陣子綵晴說的話，我依然半點頭緒也沒有，沒想到現在連子渝都喜歡上張承動，事情眞是愈來愈亂了。好險有戴河俊陪妳，儘管話題牽扯到張承動難免會有點尷尬，但只要妳願意向他開口，他也一定會聽妳說這些煩心事，安撫妳的情緒吧。」

雁筑的話使我臉色瞬間一沉，見我神情不對，雁筑急忙問我發生什麼事了。

我沉默半晌，緩緩道：「其實……我已經好幾天沒和戴河俊聯絡了。」

「眞的假的？」雁筑頓時一愣，「前幾天戴河俊不是才來找妳嗎？」

我將那天的事全部告訴雁筑，對於自己和戴河俊之間的未來將走向何處，我其實備感茫然。

雁筑立刻擔心地環抱住我。

「這幾天委屈妳了。」她輕拍我的背安慰我，「我啊，或許不像綵晴那麼聰明，能跟妳分析事情的利弊，不過我一直都在妳身邊，以後如果遇到什麼傷心事，再晚妳都可以過來找我。」

雁筑的話令我鼻頭一酸，我把頭輕埋在雁筑的肩上，迅速由心底湧現的悲傷，宛如洪水般朝我襲來，我在其中苦苦掙扎，若沒有雁筑，我一定會迷失在悲傷的情緒之中，久久無法抽離。

稍微平靜後，我離開雁筑的懷抱，努力勾起嘴角，除了不想讓雁筑再擔心外，同時也是想鼓勵自己，無論遇到什麼難過的事，只要有朋友在身邊，我一定能獲得重拾笑容的勇氣。

雁筑看到我的笑容後神色一鬆，立刻問我：「妳跟戴河俊的事，妳和綵晴說了嗎？」

我搖了搖頭。

「好吧，既然妳還不想說，我就先替妳保密。」雁筑望向我的眼神裡盡是擔憂，「不過我希望妳之後能找機會告訴綵晴，畢竟她眞的很關心妳，她上次之所以會那麼激動，也是怕妳會受傷。」

「我知道，我沒有生綵晴的氣。」我點了點頭，「只是最近發生太多事了，我想把所有想法都整理好再向她說，她是我最重要的朋友，當然不會對她隱瞞。」

雁筑鬆一口氣，「那就好，即便身處不同學校不同系，我還是希望我們三個的友情能持續下去，不要因爲時間或距離而改變。」

對上雁筑認眞的神情，我扯開嘴角，緊握住她的手。

我很貪心，不僅希望自己和雁筑她們感情不變，甚至奢望，我和戴河俊、張承勳之間的關係也能依舊。

如果時光能倒回，停留在我們最初愉快地相處的那一刻，該有多好。

♥

這幾天子渝不斷央求我陪她去觀看新生盃決賽，她說有人作伴比較不會寂寞，另外一個原因則是我與張承勳認識，如果有我陪著，她到時候向他搭訕也不會那麼突兀。

聽到子渝的理由，我幾乎尷尬得說不出話來，又不知從何拒絕。

雁筑聽到這個消息後，更是擔憂不已。

我的思緒亂成一團，憂心忡忡的，然而我究竟在擔心什麼呢？

關於這個問題，我始終無法給自己一個答案。

原本我打算在我與戴河俊之間的問題解決之前，盡可能地避開張承勳。

但計畫通常趕不上變化。

瞥了眼手機螢幕上的時間，眼看通識課就要開始，我再次加快步伐。

方才那堂課的老師恰好有點拖延到下課時間，兩棟系館大樓之間又隔了不短的距離，我只好捧著課本在豔陽下奔跑。

快抵達系館大樓時，我氣喘吁吁地放慢了腳步，此時兩道熟悉的身影忽然出現在前方，使我鬆懈的情緒再度緊繃了起來，腦袋霎時間一片空白。

其中一人注意到我後，高興地朝我直奔而來，「語霏？妳怎麼在這裡？」

她身後那人的目光，也跟著定格在我身上。

我不由得望向子渝身後的那人，漫不經心地答：「上通識課……」

「眞巧，我才剛上完。」子渝說完，順著我的視線看去，隨即轉頭，興奮地對我說：「語霏，妳知道嗎？我剛剛才發現，原來我和張承動上同一堂通識。」

她勾起嘴角，繼續說：「中間下課時，正好有幾個人蹺課先離開了，我看到他旁邊的座位是空的，便鼓起勇氣坐了下來，還和他聊了幾句。」

子渝高興的表情，讓我頓時百感交集。

沉默幾秒，我回了句：「……是嗎？」

「是啊，這樣妳就不用費心找機會介紹我們認識了。」子渝眼帶笑意地點了點頭，「不過我還沒跟他要Line啦，我想等到決賽那天，化工系拿下冠軍時再要，算是多給自己一點緩衝時間吧。」

我沉默地往子渝的方向看去，而她身後的張承動正緩步朝我們走來，我和他對視著，時間彷彿在這一刻停滯了，我的心也似乎忘了跳動，不小心漏了好幾拍。

張承動深深地凝視著我，直到子渝疑惑地看向他時，他才轉開視線，然後勾起嘴角，「有一陣子沒見了呢。」

他的淺笑，使我的眼眶泛起淚意，我的心也因他而震動不已，就像掀起了陣陣巨浪，將所有的理智和思緒一併淹沒……

深吸了口氣，我勉強自己擠出笑容，「是啊，挺久沒見了。」

張承勳正要開口，但上課鐘已響起，我便直接和他們道了再見。

「拜託讓讓！快讓開！」準備踏入系館大樓時，背後忽然傳來一道驚呼，我疑惑地停下腳步回望，只見一個騎腳踏車的男生似是控制不了剎車，滿臉慌張地向我直衝而來。

我一時來不及反應，眼看對方就要連車帶人迎面撞上我時，張承勳迅速奔過來將我攬入他的懷裡。

我腦袋的畫面仍停在方才的那一瞬間，心劇烈地跳動著。

「沒事吧？」張承勳輕撫我的臉龐，關心地問。

此刻我依舊無法言語，只能心有餘悸地點點頭。

「沒事了、沒事了。」張承勳握住我顫抖的手，將我抱得更緊，在我耳邊低喃。

原本慌亂的情緒，隨著他的安撫逐漸平靜下來，在張承勳懷中，我聞到他身上的淡淡香氣，熟悉的味道使我安心許多。

他的一舉一動，宛如一涓暖流流進我的心坎。

這時那個騎腳踏車的男生朝我走來，臉上滿是愧疚，「對不起，我的腳踏車好像壞了，一時剎車不靈，讓你們受到驚嚇眞的很抱歉，這位男同學需要我扶你去衛保組嗎？」

聽到那男生這麼說，我抬頭往張承勳的腳看去，才發現他腳上正流著血的傷口，我不禁一怔。

張承勳的腳受傷了？可後天就是新生盃籃球決賽了，這該怎麼辦？

「別露出這種表情，我知道妳在想什麼。」張承勳輕笑了聲，溫柔地摸摸我的頭，「沒什麼，一點小傷而已，後天的決賽我沒問題的。」

儘管張承勳這麼說，我一點也不覺得放心，「怎麼可能沒事，你的傷口看起來被腳踏車的鏈條割得不淺，萬一比賽中途傷口裂開怎麼辦？都是我不好，如果我再注意一點，你也不用爲了保護我而替我擋住腳踏車，甚至——」

「好了。」不等我把話說完，張承勳伸手彈了我的額頭一下，嘴角掛著無奈的笑，「我哪有這麼嬌貴，這點傷明天就會好了，再說是我自己要衝出去的，妳別自責了，好嗎？」

看到張承勳的笑容，我有些難受地低下頭。

「葉子渝，我要去衛保組一趟，妳先走吧，免得害妳下堂課遲到。」

「沒關係，我可以陪——」

張承勳搖搖頭，打斷子渝的話，「不用了，我自己去就行了。」

「可是……」子渝本來還想說點什麼，最後仍只點頭應了聲好，臨走前她擔憂地望了我和張承勳幾眼，我擺擺手，要她別擔心。

「妳也先去上課吧，我自己去就行了。」張承勳輕推我，指了指教室的方向。

我看向教室，再瞥了眼張承勳，猶豫了幾秒，我小聲地說：「我還是跟你一起去吧……」

「其實妳不用陪我的。」張承勳臉上泛起苦笑。

「……但你一個人，我實在不放心。」

那一刻，我從張承勳的眼中看到了震驚，他愣愣地注視著我，接著漾起了一個和剛才截然不同的燦爛笑容。

「是嗎？」他的聲音裡明顯揉進了笑意，「原來我們都一樣。」

那句話裡的含意，使我心中一動，不自覺沉淪。

我們走進衛保組時，值班的護理師一見到張承勳的傷口便皺起眉頭，仔細問過他受傷的原因，她在了解事情經過後，囑咐張承勳三天內盡量避免激烈運動。

「打籃球也不行嗎？」張承勳用半開玩笑的語氣問。

「當然不行。」相較於張承勳狀似輕鬆的態度，護理師顯得相當嚴肅，「你的傷勢的確不算太嚴重，所以大概只要休息三天就沒事，不過假如你不好好靜養，就得花更多時間恢復，反覆幾次，傷口不惡化都難。」

我心中湧起了濃濃的自責，但只能強忍住低落的情緒。

消毒包紮完，我們向護理師道了聲謝謝，轉身離開。

「沒事啦。」張承勳的聲音依然溫柔，「妳也聽到了不是嗎？這傷口沒有想像中嚴重，就算去比賽，頂多之後花多一點時間復原罷了。」

「你還逞強。」我瞪向張承勳，緊抓住他的手，「你以爲我沒發現你的臉色一直不好嗎？雖然你刻意勉強跟上我的腳步，但你現在其實連走路都會重心不穩吧……」

他開口欲言，卻被我打斷，「你不用安慰我，你說愈多我反而愈愧疚。」

「我知道你很重視這個比賽，即使衛保組的護理師這樣說，你還是會上場吧？畢竟缺席了冠軍賽，你大概會自責很久。」我無奈地繼續說：「你放心，我不會阻止你，可是我希望你能答應我，比賽結束後必須好好養傷，別讓傷口再惡化下去。」

張承勳聽了，原本黯淡的神色逐漸明亮起來，他莞爾一笑，點了點頭，「嗯，我知道。」

我的嘴角亦不自覺地跟著上揚。

籠罩在我心上的烏雲，隨著張承勳的笑容逐漸散去，頓時一片晴朗。

而我深埋在心底的情感，也在這一刻悄悄地起了變化。

似乎，終於不用用盡全力地將它掩藏在最深處了。

❤

新生盃決賽當天，子渝早早就去體育館占位子，雁筑因為放心不下，也決定與我們一同前往。

比賽開始時間為中午十二點，我和雁筑剛走進體育館內，遠遠便看到子渝朝我們揮手。

現場觀賽的觀眾眾多，而兩個決賽系所聲勢浩大的啦啦隊，更讓我不由得懷疑，他們是不是連畢業的學長姊都請回來加油了。

賽前兩邊的啦啦隊就開始互別苗頭，用加油口號對決。直到鄰近十二點，現場才安靜下來。

這時，裁判一聲響亮的哨音貫徹全場。

籃球被拋到空中的剎那，全場觀眾都屏息地盯著跳球員奮力跳起的英姿，短短幾秒的跳球時間，在這刻卻顯得有些冗長，大家都在等待跳球的結果。

碰——

當球被化工系選手拍下的瞬間，歡呼聲和噓聲四起。

我才發現，其實不用看比賽，從觀眾區的反應就能知道，現在是哪邊占上風。

張承勳是先發選手，敏捷的速度讓我的視線幾乎跟不上他的身影，他接連幾個漂亮的抄球和射籃得分，精采的表現引來場邊觀眾熱烈的歡呼，甚至有女生在場邊拚命吶喊他的名字。

兩隊的實力幾乎不分軒輊，每個選手皆盡忠職守地防守或進攻，不過在張承勳的領導下，化工系逐漸拉開比數，略勝一籌。

化工系觀眾席的加油聲浪愈來愈大，但電機系的加油團也沒有氣餒，他們不停勉勵場上的球員穩住情緒，只要有耐心必定會有轉機。

至於子渝，早已開心得不曉得成了什麼樣，她興奮地拉起我的手，直說贏定了，要趕緊想想待會該怎麼向張承勳搭訕。

子渝的笑容，使我心底泛起一絲痛楚，有點刺，又有點疼。

相較於子渝全心投入比賽，坐在一旁的雁筑卻心不在焉地滑著手機，只有在場邊傳來喝采聲時，她才會抬頭隨意地瞥幾眼賽況。

「妳到底在看什麼啊？」瞧雁筑看得這麼入神，我忍不住湊上前問。

「妳說這個嗎？」雁筑笑著轉過手機螢幕，「這是超準的每週星座運勢喔，我剛剛幫妳看了一下，上面說妳這禮拜有意外之災，記得小心點。」

「意外之災？」想起前天發生的腳踏車事件，我認同地點頭，「還眞準，我前天差點被一輛剎車失靈的腳踏車給撞上，幸好當時張承勳的反應夠快，及時救了我，我才沒有受傷，不過……」

「不過？」雁筑見我沒有把話說完，疑惑地朝我望來。

想到張承勳的腳傷，我心一緊，「不過……張承勳的腳受傷了。」

「什麼？妳說張承勳腳受傷了？」雁筑不敢置信地驚呼：「可是他現在正在場上比賽耶！」

望向球場上的張承勳，我喃喃低語，「妳仔細看就知道了……」

原本身手矯健的張承勳，如今行動的速度漸漸有點力不從心，腳上的繃帶也微微滲出了血跡，令人怵目驚心。

過了一會兒，教練看張承勳狀況不好，只好將他換下場，這個決定引得觀眾們群情激憤，他們似乎沒注意到張承勳腳上的傷，都無法理解爲什麼要把他換掉。

張承勳坐在休息區的板凳上，即使蓋在頭頂上的毛巾幾乎擋住了他的臉龐，可他緊握的拳頭清楚述說了他有多麼不甘心。

別開視線，我不忍再看下去。

這一切都是我的錯……

雖然張承勳平時看起來散漫，但他的好勝心一直很強，也非常有責任感，只要團隊需要他時，即便再苦他都會咬牙堅持，然而眼下的情況，卻不允許他在球場上繼續發揮，他自然比誰都要更憤慨及無力。

張承勳從場上被換下後，電機系趁勢追擊，一球球漂亮的射籃使兩隊的分數逐漸拉近，而張承勳的拳頭，好像又攥得更緊了。

雙方分數被拉近到僅差五分時，張承勳站起身，把頭頂上的毛巾往椅子一丟，朝教練走去，儘管不曉得兩人說了什麼，不過他們的表情都十分凝重。

兩人談完後，張承勳走回板凳，表情忿忿地坐了下來，他彷彿正極力壓抑著內心的情緒。耳邊這時響起第三節結束的哨音，目前雙方比數持平，緊張的氣氛瀰漫整座體育館。經過兩分鐘休息後，第四節賽事開始，張承勳跟著其他四個隊員一同走上球場。

場邊的觀眾一見到張承勳出現，興奮地大聲叫好。

第四節的張承勳，顯然沒有前兩節打得那麼順，他不再負責切進禁區進攻，改由傳球讓隊友去搶分。

面對攻勢減弱的張承勳，一道道質疑的聲音從觀眾席傳來，場上張承勳的臉色也愈來愈難看，緊鎖的眉間一直沒舒展。

第四節開始後的五分鐘，電機系率先打破了僵局，一記完美的三分球，帶起現場一陣熱烈的歡呼聲。

激烈的局況，令場邊的觀眾看得膽顫心驚，子渝緊張地握起拳頭，雁筑也放下手機，緊盯著場上的賽況。

目前化工系處於劣勢，張承勳在龐大的壓力下並沒有放棄，反而開始切禁區進攻，化工系的隊友亦拚命地替他防守敵人，他們盡可能清除敵方設下的障礙，讓張承勳能順利得分。

隨著張承勳繃帶上的紅色面積愈大，我的心愈是難受，每一處都宛如被針扎過般，那麼疼。可再痛，也比不上張承勳承受的壓力，不僅有腳傷的痛楚，還有教練、隊友及場邊觀眾對他的期待。

眼看時間只剩三十秒，張承勳迅速地衝到籃下，一個擦板進籃將比數追平，這一球，換來得不再是喝采聲，而是一片靜默。

所有人安靜地注視球場，局面好似回到跳球的那剎那一般。

「十、九、八——」

耳邊傳來充滿壓迫感的宏亮倒數聲，我捏緊了手心，目光緊跟著張承勳奔跑的身影，來回移動。

化工系背號五號的選手這時一個漂亮的傳球，那顆球從對手旁邊越過，以極快的速度傳到張承勳的手中，電機系的選手們立刻朝張承勳直奔而去。

可他沒有因此感到畏懼，張承勳敏捷地接連閃過好幾個對手的防守，飛快地衝到籃下，敵對的中鋒自然不會讓他得逞，用盡全力地跳起以阻擋張承勳射籃。

原本還緊皺眉頭的他，此時忽然勾起嘴角，身體向後一傾。

嗶——

哨音響起前的前一秒，球越過對方的頭頂落入籃框中，完美的壓哨球使化工系扭轉局勢，取得勝利。

現場頓時一片熱烈尖叫與掌聲，化工系的啦啦隊不斷揮舞系旗，張承勳的名字，竟響遍了整座體育館。

「太好了，語霏。」雁筑激動地站起身，抓住我的手，語帶興奮，「星座運勢眞的很準耶，我剛才查過張承勳的星座，上面說他這個禮拜氣勢很旺，只要是他想做的事都能心想事成。」

「眞的？這星座影片怎麼這麼厲害啊。」對於星座運勢與命理這檔事，我向來寧可信其有，不可信其無，於是便道：「妳不是說我有意外之災嗎？我前天就已經見識到了，希望不會再來第二次。」

雁筑有些揶揄地說：「但願嘍，不過這種事很難說，說不定會有第二起意外？」

「妳這個烏鴉嘴。」我瞪了雁筑一眼。

一旁的子渝卻意外地安靜，我不禁關心地問她怎麼了，原以爲她是因爲待會要見張承勳所以緊張，然而仔細觀察她的表情，又好像不是。

她面容相當嚴肅，我和雁筑疑惑地對望幾秒，都沒有任何頭緒。

過了良久，子渝抬起頭，她的視線從場邊的張承勳移到我身上，一臉認眞，「語霏，妳跟張承勳之間究竟是什麼關係？」

聽到子渝的問題，不只我，連雁筑也愣住。

子渝沉聲道：「前天我看到張承勳注視妳的眼神後，我就知道，妳對他而言是非常特別的存在，尤其在妳出事時，他竟然奮不顧身地衝上前救妳，絲毫不顧自己可能會受傷，我很清楚那不是對普通朋友該有的表現。」

子渝斂下眼眸，輕聲說：「當時他看著妳的眼神，像是在看著一個喜歡的人……」

子渝的話，令我再度一怔。

喜歡的人？張承勳……喜歡我？

「語霏，我只想知道，妳和張承勳到底是什麼關係？」子渝緊盯著我，不肯罷休。

我別過頭，抿嘴不答。

「還是不肯說嗎？」子渝站起，臉上是我從未見過的冰冷，「既然這樣，那我現在去跟張承勳說話嘍？這樣妳也無所謂嗎？」

我仍然沒有作聲。

子渝嘆了口氣，轉過身正準備離開時，張承勳忽地出現在她面前，嚇了子渝一跳。

張承勳大概是察覺到氣氛不對，他疑惑地定睛看向子渝，又望了望我。

僵持幾秒後，子渝扯開嘴角，對張承勳露出燦笑，「恭喜你，腳都受傷了還能打這麼好，不愧是被學長們譽爲超級新星的選手。」

「沒有啦，如果沒有隊友的助攻，我們怎麼可能會贏？」張承勳靦腆地笑道：「大家都只注意到我得分，卻沒有想過在勝利的背後，其他隊員也有很大的功勞。」

「你眞謙虛，不過這點我也很喜歡。」

「什麼？」張承勳一臉疑惑。

「沒什麼。」見我依舊保持沉默，子渝挑挑眉，嘴角的笑意更深了些，「對了，張承動，能給我你的Line嗎？」

「我的Line？」

「對啊，不能嗎？」子渝淺笑盈盈。

張承動的表情倏地有些尷尬，他瞥了我幾眼，瞧我沒什麼反應，便點頭拿出手機，「也不是不行啦，只是有點突然，我腦袋一時轉不過來……好了，妳掃條碼吧。」

子渝高興地拿出手機，鏡頭對準條碼後，螢幕上很快跳出了張承動的頭像。

「如果我傳訊息給你，你會回我嗎？」子渝抬起頭，笑吟吟地問。

張承動一愣，隨即微笑，「當然會啊，朋友愈多愈好嘛，就算妳不傳訊息給我，期中考前我也會主動找妳要筆記。」

「樂意至極。」子渝莞爾一笑。

看著張承動跟子渝相視而笑的畫面，我的心裡彷彿有什麼正在崩塌。

我已經快要無法再強行壓抑自己對張承動的感情了。

「還好嗎？妳的臉色好差。」當我回過神時，只見張承動擔憂地伸手輕撫我的頭，「是因爲體育館裡太悶嗎？要不要陪妳去外面透氣？」

「我沒事，倒是你的腳都這樣了，別再亂動了。」我看著張承動的腳，又是自責又是不捨地說：「你自己低頭看看，繃帶都被血染紅了，我陪你去衛保組換藥吧，不知道護理師看到傷口會怎麼念你了。」

張承勳笑了起來，「沒事啦，有妳陪我去，護理師嘮叨再多也不怕。」

我勾起嘴角，才扶他向前走沒幾步，前方忽地出現來一道橘色的飛影，我還來不及反應，那顆籃球便狠狠地砸在我的額頭上，周遭傳來一片尖叫聲。

而我視線中的景象也隨著籃球落地聲，逐漸扭曲了起來。

張承勳迅速扶住我，連忙問我還好嗎，我瞇起眼睛，正想回答自己沒事，突如其來的暈眩感使我頓時站立不穩，跌入張承勳的懷裡。

「張承……」

「別說話，我現在帶妳去衛保組。」張承勳態度強硬地打斷我的話，但語氣是如此溫柔。

我感覺到自己的身體瞬間騰空，整個世界輕飄飄的，不停地打轉。

「張承勳，你的腳——」

子渝的聲音響起。張承勳淡淡地回：「沒事。」

張承勳才剛說完，我的眼前忽然陷入一片黑暗，昏了過去。

在失去意識的前一刻，我唯一有印象的，是張承勳身上傳來的溫暖，如此熟悉，如此讓我放心地想要倚靠。

刺鼻的藥水味瀰漫在鼻腔中。

我緩緩睜開眼，映入眼簾的是一位身穿淡粉色制服的醫護人員，以及張承勳寫滿擔憂的臉龐，隨著意識逐漸恢復，劇烈的脹痛感在我的頭部蔓延。

張承勳見狀，趕緊伸手輕按住我。

「躺好，妳現在身體很虛弱，得好好休息。」張承勳像在哄小孩似地輕撫我的頭髮，「這裡是學校附近的醫院，因爲衛保組的護理師認爲妳的症狀很嚴重，而且一直昏迷不醒，所以建議我們將妳緊急送醫。」

「是嗎……」我掙扎地半坐起身，「你呢？你的腳有沒有問題？腳都受傷了還爲我而四處奔波……」

張承勳輕笑了聲，將我攬入他的懷裡，耳邊傳來的心跳聲，使我本就迷茫的思緒更加混亂了。

「我的腳沒事，比起親眼目睹妳受傷，卻無能爲力的那種恐懼感，我的傷根本不算什麼。」他緩緩地說。

此刻的張承勳，在我眼中與當時戴河俊抱著我流淚的身影重疊，他們的神情是如此相似。兩個人都是溫柔的笨蛋，不懂得珍惜自己，只想著要奮不顧身地守護我，即便遍體鱗傷也無所謂。

「別說這種話，假如你傷口惡化，我又怎麼會好受呢？你連自己的身體都不懂得照顧，難道要別人在旁邊一直叮嚀你嗎？」我雖然心疼他，還是忍不住開口責備。

「好，我明白了，我會好好養傷的。」他咧開嘴角，一口應允。

見他如此，我不也忍再繼續指責，只能苦笑作罷。

他扶著我靠著床頭半臥半坐，我們又稍微聊了一陣子。

這時雁筑突然慌張地推開門走進病房，看到跟在她身後的綵晴，我有些訝異。

綵晴怎麼會出現在這裡？

見我面露疑惑，雁筑連忙解釋：「語霏，對不起。我擅自把妳受傷的事告訴綵晴，我知道妳會怕她擔心，不過妳將心比心地想一想，如果綵晴受傷卻瞞著妳，妳會作何感想？」

我嘆了口氣，輕輕地握住雁筑和綵晴的手，「好啦，妳就是機靈，只是辛苦綵晴特地爲了我趕過來，綵晴這樣沒問題嗎？」

「還好，下午只有兩堂通識，老師通常不會點名。」綵晴笑著回握我的手，一臉心疼，「何況我很擔心妳，不親自來一趟我不放心。妳最近怎麼這麼不小心？聽雁筑說，妳前天也差點被腳踏車撞到，要不是張承勳及時救了妳，妳現在肯定會全身都是傷。」

我無奈地望向張承勳，「但我寧願受傷的是我，看到張承勳腳受傷還必須在球場上全力以赴，我眞的很內疚……幸好這次是我被籃球打到。」

「妳喔。」張承勳眉頭鎖起，眼神帶著不贊同。

「話說回來，雁筑妳那個星座運勢超準的耶。不過沒想到意外之災竟然不只一個，不會明天又來第三個吧？」我一方面是眞心覺得那個星座運勢很準確，一方面也是想藉由自嘲，讓氣氛輕鬆點。

「別詛咒自己啊！妳待在醫院好好休養，這週很快就過去了。」雁筑連忙摀起我的嘴。

我笑著聳聳肩，沒再多說什麼。

沒過多久，張承勳有事要處理便先離開，他臨走前說晚點會再來看我。

看著他的背影徹底消失在門後，我幾番掙扎，還是低聲問出了：「我受傷的事……戴河俊知道嗎？」

雁筑反常地沉默。

綵晴見狀隨即回答：「他不知道，我本來還納悶雁筑爲什麼沒通知戴河俊，但她和我說了你們之間最近發生的事，我也認爲這樣做比較合適。」

「雁筑跟妳說了？」我愣了愣，將目光移到雁筑身上。

雁筑像個做錯事的小孩，立刻低下頭，「是我又擅作主張了，妳若是想罵我就儘管罵吧，畢竟是我違反約定在先。」

我彎起嘴角，拉起她的手，「我怎麼會怪妳呢？我還要謝謝妳替我向綵晴解釋，而且還爲我仔細考慮，沒把我受傷的消息告訴戴河俊。」

「妳不生氣？」雁筑驚訝地問。

我搖搖頭，嘴角的笑意更深了些，「當然。」

雁筑泫然欲泣的模樣，惹得我心疼地輕拍她的頭，綵晴倒笑得很開心，直說雁筑是個愛哭鬼。

和樂融融的氣氛，宛如回到無憂無慮的高中時期，令我有點懷念，又慶幸我們依然陪在彼此身邊。

這時，我突然想起在我陷入昏迷前一刻，子渝和張承勳那場未完的對話。

「對了……子渝後來有說什麼嗎？」抿了抿唇，我猶豫地問。

聽到我的問題，雁筑瞬間怔住，綵晴則一頭霧水地看著我們。

原本歡快的氣氛頓時陷入一片死沉。

綵晴皺起眉頭，正欲開口，雁筑忽然面色凝重地說：「子渝在妳昏迷期間曾來過醫院兩次，她的表情比起生氣，更像是擔心。」

「是嗎……」我低下頭，心跟著沉重了起來。

雁筑擔憂地拉起我的手，「語霏，子渝都看到妳和張承動之間的互動了，還是直接向她坦白比較好吧？」

如果我能早點坦承，子渝是不是會少受點傷害呢？

意識到也許是自己做錯了，我沉吟片刻，輕輕點頭，「……我知道。」

腦中倏地浮現子渝質問我時的嚴肅臉龐，心底彷彿響起風雨欲來之前的雷聲隆隆，讓人萌生一股不安。

「妳和張承動，到底是什麼關係？」

如果子渝真的不在意，何必問我那句話？

綵晴當天晚上便先返回高雄，不過她每天都會傳訊息關心我。

儘管在醫院靜養的日子有點悶，但雁筑常利用空閒時間來陪我聊天，或帶好吃的給我補身體，另外兩個室友也曾來探望我幾次，而子渝從我清醒後就沒再出現。

張承勳倒是天天準時報到，一天也不缺地陪在我身邊，我不停勸他別爲了來看我蹺那麼多課，他卻總是敷衍地轉移話題，隔天依舊出現在醫院裡。

張承勳一倔起來，誰都無法輕易讓他改變心意。

在所有檢查報告出爐，醫生診斷我身體無礙後，我終於能出院，住院這幾天簡直比準備指考還難熬。

回到宿舍，兩個室友開心地說要好好幫我慶祝一下。

子渝只是一臉冷淡地囑咐我注意身體，就開始了她對我的單方面冷戰，讓我一直找不到機會和她對談。

猶豫了好幾天，趁著兩個室友不在，我決定跟子渝把話說開：「妳在我清醒後就不肯來醫院，是因爲還在生我的氣嗎？」

她原本似乎打算假裝沒聽到，然而最後仍轉過頭來。

「我沒去看妳，是因爲我還沒準備好。」子渝眼神黯淡，「知道妳清醒後，我安心許多，便開始想妳和張承勳的事，我怕去探望妳，反而讓情緒陷入波動，無法冷靜思考。那天，當我看到張承勳強忍著腳傷抱起妳，把妳送去衛保組時，我就明白了妳在他心中占據了什麼樣的地位。」

我靜靜看著她，等著她繼續往下說。

她深吸了口氣，「後來我到了醫院想確定妳沒事，發現張承勳腳上的繃帶已經被血染紅，我趕緊叫他去掛號處理傷口，可是他卻說，在妳睜開眼前他都不會離開妳身邊，一定要親眼確認妳沒事才能放心。」

「子渝……」

「語霏，妳能明白當時我有多震驚嗎，不過除了震驚之外，更多的是心疼。張承勳是用盡全心在守護妳，甚至……喜歡妳。」

子渝的話，帶給我巨大的衝擊，特別是最後三個字，彷彿一道雷狠狠地擊中我的心。

這是第二次，子渝說張承勳喜歡我，不過我依然不敢相信她的推測，也沒有勇氣正視自己的心意。

因爲我軟弱地想逃避任何受傷的可能性。

每當想起展嫣的存在，我就無法跨出那一步。

「語霏，妳知道總決賽那天，我爲什麼要問妳那些問題嗎？」見我久久不語，子渝打破了沉默。

我搖了搖頭。

「因爲我想確認妳和張承勳的關係，以及妳對他的情感。」子渝抓住我的肩膀，神情認眞，「對於愛情，我是屬於敢愛敢恨的類型，但在全心投入前，我會先評估對方是否值得我這麼做，最後我得出了結論，張承勳心中早就有別人了，即便我再努力也沒有用。」

「我也從妳那時的眼神中得知，妳喜歡他。」子渝閉上眼，「很喜歡、很喜歡他……」

「子渝……」我斂下眼，心疼地牽起她的手。

子渝瞬間一怔，隨即恢復原狀：「其實我早該在那次腳踏車的意外中就要察覺，妳之前提到的那個始終無法忘懷的男生就是張承勳，今天我不是要責怪妳，而是想說出我眞正的看法，順便以旁觀者的身分給妳一個建議。」

我疑惑地皺起眉頭，「什麼建議？」

子渝勾起嘴角，輕笑道：「妳應該向張承勳告白的。」

我啞口無言。

「妳得明白，妳不能一直逃避妳心中眞正的感覺，妳終究必須和那個臺中男生討論你們之間的關係。」子渝輕輕地握住我的手，面色凝重，「這樣說或許很直接，但連我這個剛認識妳不久的朋友都能發現妳對張承勳的感情，更何況是他？那個男生應該是因爲太在乎妳了，才不願放手。」

可能是因爲子渝不認識戴河俊，也不了解我和他的過往，所以她能冷靜地一針見血指出問題的癥結點，使我心中再次泛起深深的愧疚。

可是我很清楚，即便我向戴河俊釐清自己的感情，也不代表我和張承勳之間的問題就能迎刃而解。

子渝嘆了口氣，無奈地勸我：「妳其實心中一直都明白自己喜歡的是張承勳，既然如此，妳就不該讓自己待在另一個男生身邊，妳這麼做只是在逃避，而這樣的逃避只會使那個喜歡妳的男生最後傷得更重。若妳眞心爲他好，應該讓他放手，畢竟長痛不如短痛。」

我深吸了口氣，聲音微顫，「就算我和他說開了，然後向張承勳告白，又有什麼用？張承動有女友的事實也無法改變。他對我的喜歡僅限於友情，他心裡有比我更重要的人，而那個人，是我無法取代的存在。」

想起張承勳跟我提起展嫣時的表情，我的心頓時一沉。

他的神情，使我明白他心中早已被別人占據。

那些流淚的日子裡，每當我憶起他當時的神情，心就宛如被狠狠撕裂般，痛得讓我想要忘記一切關於他的回憶，卻怎樣也割捨不了。

子渝的眉間皺得更緊了些：「語霏，其實我一直對這件事感到很困惑。」

「什麼？」

「妳一直說張承勳有女朋友，可是前兩天我向他問起這件事，妳知道他怎麼回答我嗎？」

我幾乎是屏住了呼吸在等待子渝接下來要說的話。

也許等待的時間只有幾秒，我卻覺得萬分漫長。

「張承勳說，他的前女友早在好幾年前就離開他了。」

這句話好似海嘯，在我本就混亂的心掀起狂亂的波瀾。

前女友……離開？

什麼意思？

「子渝妳……確定沒聽錯？」

「我很確定。」她用力地點點頭，語氣嚴肅，「雖然當時我是以輕鬆的口吻問的，但張承勳很認眞地回答我，而且表情十分失落，連我都被他的悲傷感染了，後來我試著轉移話題和緩氣氛，他卻又低聲說了幾句，像是在感慨過往。」

子渝聳聳肩，「我也不太明白，他的意思好像是說，當時他和前女友年紀太輕，把很多事都悶著不說，沒想到心中的結愈來愈緊，久了才發現已經無法解開。」

「之後呢？他還說了什麼嗎？」我有些著急，感覺只差一點，就能解開我心中的疑惑。

面對如此激動的我，子渝略微詫異地瞠大眼睛，下一秒她開始認眞回想，「沒有，好像只有說這些。」

我失落地低下頭，子渝突地抓住我的手，「對了，張承勳還有說一句話，但是我至今仍不明白那句話的含意。」

「什麼？」

子渝的眉頭因回想而緊緊擰起，「他說……很多時候執著只會換來遺憾，我問他這是什麼意思，他卻沒有回答，不過當時他的神態，就像已經爲了這段感情而受盡折難。」

聽完子渝的話，我久久無法開口。

也許張承勳和展嫣之間發生的事情，不如我所想得那麼簡單。

大叔口中強調的國三暑假，應該就是解開眞相的關鍵。

僅管如此，我始終無法想通，既然張承勳願意與我談及他和展嫣的過往，連他們如何相遇也不避諱，爲何不肯和我說他們早已分開？

這令我不由得懷疑，他是忘了，還是刻意隱瞞？

張承動，你究竟是怎麼想的？

不知不覺，已來到了深秋。

新生盃結束後，校慶運動會緊接而來，然而系上學長姊的態度卻遠不如新生盃時積極，據說是因爲歷年爭奪運動總錦標的，永遠是那些人數較多、所有項目都能派人參與的系所。而化學系只能在趣味競賽中稍微扳回一城。

系上學姊有邀請我一起參加女子大隊接力，雖然參賽過程應該會很有趣，但怕賽前的訓練太累，我依舊拒絕了，聽說最後隊伍也因人數過少沒成形。

這次的運動會，綵晴因爲必修課太多沒辦法來，雁筑則被學長姊拉去參加各種項目，所以我只好漫無目的的在校園裡閒晃。

遠望跑道上活動的人影，突地想起運動會前兩天，戴河俊傳訊息給我，他說希望能見面，順道參觀我們的校慶。儘管有點意外，我仍是同意了。

這段時間，我總下意識地避開張承動。

他曾問過我原因，不過我還沒準備好與他談那件事，只好含糊其辭帶過，後來他好像認爲我是因爲戴河俊才會與他保持距離，就沒再多問了。

這樣也好，我也不用找其他理由敷衍他。

當我回過神時，忽然看到一個略爲眼熟的身影經過我面前，我停下腳步想確認自己是否有看錯，這時那個人似乎也注意到我的目光，停了下來。

仔細打量我後，那人猶疑地開口：「語霏？」

「何允熙！眞的是你！你怎麼會在這裡？難不成你也是這所學校的學生？」聽到他叫出我的名字，我才確定自己沒有認錯人。

何允熙笑著搖搖頭，「不是啦，是阿勳邀請我來看他比賽的英姿，沒想到這麼巧會遇見妳，難道妳和阿勳同校？」

「是啊，我們同校。」我不禁露出燦笑，「眞沒想到學校這麼大，我們居然還能巧遇！對了，如果你要找張承勳，我可以帶你去操場。」

何允熙頓了幾秒，扯開嘴角，「好啊，只是去找阿勳前，我有些話想跟妳聊聊，不知道妳方便嗎？」

有話想跟我聊？

我怔了一會兒，隨即點頭。

我跟何允熙只有幾面之緣，大多數時間因爲有張承勳在一旁，所以倒不會太尷尬，除此之外，我們就沒有太多交集，只有在甜甜圈店那次有單獨聊過幾句而已……不知道他想和我聊什麼。

坐在便利商店內的休息區，何允熙說他目前在臺北讀書，還和我分享了他與舍友間的趣事，我也提起了我的大學生活，但話裡行間，我盡可能地避開和張承勳有關的事。

「語霏，妳跟阿勳吵架了嗎？」何允熙緊皺眉頭，一臉疑惑，「妳從剛才就很少說起阿勳，依你們熟悉的程度，既然都同校了，不可能因爲不同系就沒有交集吧？」

他的敏銳，讓我不自覺低下頭，想迴避這個問題。

「說到同校，其實我還是不懂阿勳塡這間學校的動機，阿勳的指考成績遠高於很多臺大二類科系的錄取分數，連他現在讀的化工系也是，他卻選擇這裡。」何允熙的語氣中除了不解，也夾雜著惋惜，「更奇怪的是他的態度，他是直到志願上傳截止日前一天，才肯向我透露他的志願序，而且他的志願不僅塡得少，還都是這所學校的系所。」

講到最後，何允熙的臉因太過激動而脹紅。

其實他的反應很正常，從旁人的角度來看，任誰都會覺得張承勳有臺大擺在眼前還不讀，簡直跟瘋了差不多，不過聽在知道實情的我耳中，卻連笑都笑不出來。

「我今天遇到妳時，就忍不住想，阿勳堅持就讀這間學校是不是和妳有關？畢竟你們向來很要好，也不難察覺阿勳對妳懷有超出朋友的情感。」何允熙的眼眸帶上了幾分黯淡，「說來眞矛盾，我因爲展嫣，始終不希望你們跨越友誼的界線，可當我發現阿勳因此備受折磨時，又有點不忍，我不知道當初自己阻止他和妳之間的發展是對的嗎……」

何允熙的話在我心間盪起一陣漣漪。

我從未想過何允熙也認爲張承勳對我的感情，不僅僅是友情。

「我光顧著自己一直說，忘了問妳的想法。」何允熙勾起一抹苦笑，「假如我沒猜錯，妳應該是喜歡阿勳吧？怎麼沒告白呢？」

他的問題，令我回想起在保健室被張承勳拒絕的那一幕，心彷彿被狠狠掐住。

「我不是沒試過……但張承勳沒有接受，而且我問他展嫣是不是他女朋友時，他也沒有否認……」

我忍住即將奪眶而出的淚，略帶鼻音，「我早該了解展嫣對張承勳有多重要，我明明知道的啊……爲什麼聽到他親口說出這個事實，還是那麼痛呢。」

何允熙沒有說話，只是一臉詫異地看著我。

縱使我激動的情緒難以平復，不過他反常的反應也引起了我的注意。

他不可置信地說：「怎麼可能？阿勳……說他有女朋友？」

我點了點頭。

「不對啊……」何允熙的表情瞬間扭曲。

待我意識到事情似乎不太對勁時，他忽地開口：「展嫣……在我們國三那年就死了啊……」

何允熙顫抖的嗓音，在我腦中徘徊不去。

我從未想過有這種可能，一時之間什麼話都說不出口。

沉默在我們之間蔓延，時間好似凝滯了，周圍鬱悶的氛圍使我近乎窒息，從心底泛起一股難言的哀傷。

原來張承勳說的離開不是指分手，是指展嫣已經與這個世界告別。

我才明白，爲什麼他會子渝說出那句：執著只會換來遺憾。

所有的事都可能因時間產生變化，只有死亡不會，所以才是遺憾。遺憾就如同永遠無法實現的夢，令人難以忘懷，怪不得每次張承勳提起展嫣時，神情總是如此複雜。

見何允熙已平靜許多，我深吸了口氣，小心翼翼地問：「你可以再和我多說點……事情的經過嗎？」

何允熙的眼底閃過幾絲掙扎，沉痛道：「國三暑假那陣子，阿勳和展嫣起了很大的爭執，氣氛鬧得很僵。」

「那天，他們又起了衝突，後來展嫣負氣地甩門離去，當阿勳追上去時，看見的──」他閉上眼，聲音微顫，「竟是展嫣出車禍的場面……」

我腦袋霎時一片空白，無法思考。

「雖然展嫣很快就被送到醫院，但貨車撞擊的力道太大，最後她因失血過多，在搶救過程中便停止了心跳……」何允熙用手摀住臉，近乎崩潰。

我怎樣都沒想到，事情的眞相居然如此震撼，我居然還讓何允熙再重新回憶一遍……我不由得感到了深深的內疚，卻不知如何安慰他，只能給他時間慢慢冷靜。

許久，何允熙放下手，眼角仍有些泛紅，可聲音已平穩許多。

「其他的事情……妳還是自己去問阿勳吧，畢竟我也沒立場再多說什麼了，而且，我想有些事阿勳應該希望能親自跟妳說。」

我輕輕地點了頭，「好。」

過了一會兒，何允熙的臉色已經恢復如常，他說想去逛逛校園，順便調整情緒，以免張承動見到他時會察覺有異。

我們在便利商店門口互道了再見，便分開行動。

後來我直接返回宿舍，躺在床上發呆，連不停響起的手機鈴聲也無力理會，現在的我只想一個人待著，不願再思考任何事。

彷彿過了很久，寢室原本緊閉的房門被人一把推開，一臉擔憂的雁筑衝進寢室質問我爲什麼不接電話，我只好起身向她道歉。

「妳的臉色怎麼這麼難看？」見我的反應始終過於冷淡，雁筑發覺不對，便問：「是因爲沒跑接力賽所以很鬱悶嗎？不會吧，妳有那麼喜歡跑步嗎？」

我沒有回答，而是將臉埋進手心裡。

「到底怎麼了？妳別什麼話都不說啊，這樣我會更擔心的。」雁筑緊張地搖著我的肩膀，又是哄又是拜託的，「我聽妳們系上的人說，妳從中午過後就沒出現了，妳不會整個下午都躺在宿舍裡吧？」

雁筑還想說點什麼，卻被我打斷：「妳先出去吧，我想單獨靜靜。」

「可是……」

「拜託妳了。」我向她懇求。

雁筑沒再多說什麼，只在臨走前提醒我要記得吃晚餐。

看到我點頭，雁筑嘆了口氣，正要踏出房門時，忽然停下腳步，「對了，我忘了告訴妳，張承動剛剛來問我妳在哪裡。」

我一怔，沉默幾秒，又問：「……他有說什麼嗎？」

「沒有，不過他的表情看起來很著急。」她滿臉困惑，「我告訴他我不知道妳在哪裡，他又問我妳可能會去什麼地方，得到答案後他就走了，應該是去找妳了吧。」

聽到雁筑那麼說，我的思緒頓時陷入一片混亂。

「要我幫妳轉告張承動，妳人不舒服在宿舍休息嗎？」見我閉口不語，雁筑臉上的憂色更重了，「我怕他還在到處找妳……」

「不用了，我等等會去找他。」我閉上眼，終於下定了決心。

雁筑沒再多言，留我一個人繼續在寢室獨處。

該面對的還是得面對，但沒想到這一刻來得這麼快。

點開手機螢幕，我才發現那些未接來電大部分都來自張承動。

起身朝宿舍大門走去，我的目光依舊停留在手機螢幕上那串熟悉的號碼，掙扎幾秒後，我用顫抖的手按下撥號鍵。

電話響了一聲，就立刻被對方接起，讓我有些措手不及，深吸了口氣，我故作鎮定地問：「……你在哪？」

然而對方卻遲遲沒有回音，時間宛如倒轉回學測結束，我坐在Ocean拿著電話時，那次也是這種令人煎熬的沉默，我不安地垂下頭盯著被我另一隻手攥緊的衣角。

「我在妳面前。」良久，他低沉的嗓音幾乎同時從我的手機及面前傳來，張承勳的聲音是如此清晰。

我不禁抬起頭，那張再熟悉不過的臉龐，隨即映入眼簾。

所有的話語瞬間堵在我的喉嚨裡，怎樣都說不出口。

張承勳放下手機，神情痛苦地凝視著我，我的心亦跟著翻攪起來，像被針扎到般，有點痛。

猶豫半晌，我緩緩開口：「何允熙都告訴我了……」

「我知道，在和允熙見面時，看到他那個心虛的表情，就猜到你們可能見過面了，但沒想到他竟然把展嫣的事也告訴妳了……」張承勳的笑容帶著幾分苦澀。「允熙和我說他把展嫣的事都告訴妳後，我完全被憤怒給沖昏頭，甚至還打了他一拳，卻依然無法冷靜……我知道妳終究會知道眞相，可沒想過這天會來得這麼早。」

「爲什麼不早點告訴我？」我疑惑地皺起眉頭，語氣不自覺有些失落，「你都能對子渝輕易說出那些事了，爲什麼不肯讓我知道？難道我在你心中這麼不值得信任嗎？」

「如果我不信任妳，怎麼會把和展嫣的相遇過程，以及她教我吉他的事都告訴妳？」張承勳激動地抓住我的肩膀，「我只是還沒做好準備向妳坦承，認識妳愈久，我愈不敢說……我怕妳看不起我，畢竟過了這麼多年，我仍無法釋懷。」

我看著他的表情黯淡了下來，眼底流露出濃濃的悔恨與悲傷。

「我眞的忘不掉啊，每次想起展嫣倒在地上渾身是血的模樣，我就無法思考，我只知道，那都是我的錯……」

我忍不住用力擁住他，張承勳身體陡然一僵，然後將頭輕靠在我的肩膀上，放聲大哭起來，悲痛得彷彿失去了全世界一般。

我的心宛如被人狠狠捏住，好疼，眞的好疼。

「我怎麼會看不起你……」我更用力地攬緊他，「你不知道當我知道這件事時，我有多想立刻跑到你面前，像現在一樣緊緊地抱住你、安慰你？既然那麼痛苦，爲什麼要獨自承受所有的事呢？雖然我無法爲你分擔傷痛，不過至少我可以陪你，讓你不用一個人面對……」

張承勳泣不成聲，身軀微顫。

「其實你拒絕我的時候，我曾想退出你的世界，希望有天自己能眞心地祝福你和展嫣。」

強忍住想哭的衝動，我又開口：「但我一邊懦弱地不願放手，卻一邊自私地逃到戴河俊的懷裡尋求慰藉……倘若我早點知道實情，就能下定決心守在你身邊，這樣戴河俊不會因爲我而受傷，你也不用這麼難受了。」

都是我的錯。

如果我可以早點知道事情的眞相，我們三人或許就不用爲了彼此，而傷痕累累。

若所有人都能提早預知未來，世上就不會有這麼多遺憾了吧。

我輕拍著張承勳的背，「能不能跟我說說……你和展嫣之間發生了什麼事？」

過了許久，他依舊抿嘴不語，也許是不願再回想那些悲痛的記憶吧。

我正想換個話題，張承勳忽然說：「是我不好……假如那天我能沉住氣不和展嫣吵架，或者在她離開時及時阻止她，那場悲劇就不會發生了，都是我……」

「何允熙說，你們起了很大的爭執，是嗎？」

「嗯……」張承勳在幾番掙扎後，艱難地說：「發生爭執的前幾天，我曾無意間在展嫣的手機裡，發現她與其他人的曖昧對話，當我質問她時，她也坦承不諱。」

他痛苦地閉上眼，「從開始交往時，我便有隱約察覺到展嫣周旋在好幾個男生之間，那時的我天真地想，終有一日她會發現我的好，願意只看著我……我們交往半年後，情況確實有改善，但國三暑假那陣子她又故態復萌。」

「我實在無法諒解展嫣的再次背叛，如果她在交往前期與其他人藕斷絲連，一時斷不乾淨就罷了，可是那時我們好不容易進入了穩定期，她卻再次和那些男生恢復聯絡……我忍無可忍才會去質問她。」張承勳眼底先是閃過痛苦，接著換上無奈。

「國中那三年裡，我從沒見過阿勳這麼帶著縱容地去愛一個人。」

何允熙在甜甜圈店說過的話，在我腦海中響起。

所謂的縱容，原來指的是這件事。

張承勳對展嫣的真心無庸置疑，然而就算有再多的愛，假如只有一方無止盡的包容，終究很難長久維繫下去。

當張承勳情緒爆發的那一刻，這段感情的走向就變了，也成了那場悲劇的開端。

儘管張承勳已經將他與展嫣的往事全盤托出，有件事情我依然想不透。

「張承勳……既然展嫣已經離開了，」我輕輕推開他，困惑地問：「爲什麼我在保健室問你展嫣是不是你女朋友時，你卻點頭？」

張承勳愣了好幾秒，臉上泛起了一抹苦笑，「因爲那時我正在和妳說起我與展嫣交往的過程，我當然會承認她是我女友啊……況且，這幾年展嫣的確在我心中從未離開過，那時的我或許仍然認爲她是我的女友……」

張承勳看向我，嘴角的弧度不再苦澀，「直到與妳相識，我才肯面對展嫣離開的事實，起初我只想待在妳身旁守護妳，卻漸漸不能滿足於此，我開始貪婪地想要和妳更接近。」

我紅著眼眶望向張承勳。

「不過我知道，我沒辦法徹底放下展嫣，縱使她在我心中的身影已逐漸淡去，但我始終不能釋懷，我不希望自己在還沒完全放下她的時候輕率地接受妳，讓妳受傷。」

他將臉埋進手心裡，身體微微顫抖，「因爲這樣，我才忍痛推開妳，甚至把妳推向戴河俊，其實我只是個貪心的人，不如妳想像中那般溫柔體貼，等到妳和戴河俊交往後我才明白，原來自己多麼渴望能擁有妳，所以我後悔了，想把妳拉回我的世界，卻不知該怎麼做。」

張承勳伸出手，把我拉向他的懷中，低下頭仔細地凝視著我。

「張承勳……」對上他的目光，我無法克制內心的衝動，鼓起勇氣問出口：「你……喜歡我嗎？」

張承勳沒有回答，只是伸手溫柔地替我拭去眼角的淚水，他眼裡流露的疼愛與不捨，使我的心跳漏了好幾拍。

當他的手指滑到我的嘴角時，張承勳臉上揚起笑容。

「……嗯，我喜歡妳。」

那四個字落入我耳裡的瞬間，我瞠大了雙眼，眼淚不受控制地流下。

張承勳嘴邊的笑意更深了些，他輕撫我的唇，低聲在我耳邊說：「我說過，我是個貪心的人……」

下一秒，他閉上眼，輕輕吻住了我。

那個吻，如同春日燦陽般溫暖，驅除了我內心的冰冷。

♥

我已經不記得是如何與張承勳道別的，朦朧的回憶定格在張承勳溫柔的笑容上，那抹笑宛如一道溫煦的陽光，灑進我的心房。

曾離我遠去的太陽，再次回到我身邊，這次他應該不會再離去了吧？

走回寢室，我已平靜許多，便和雁筑簡單交代事情的經過。

雁筑聽完後恍然大悟：「難怪張承勳對妳的態度會這麼反覆，之前我總覺得他很濫情，有了女朋友還跟妳糾纏不清，沒想到他也有苦衷，是我錯怪他了。」

我不禁泛起苦笑。

「話說回來，既然妳跟張承動的誤會解開了，妳有想過要和戴河俊說清楚嗎？與其到時候一團亂，不如早點解釋比較好。」雁筑想了想，開口問。

「明天吧……」頓了一會兒，我才緩緩答道：「老實說，前幾天戴河俊有約我見面，這應該是說開的好時機，畢竟再拖下去也不是辦法。」

雁筑點了點頭。

我與戴河俊已經有兩個月沒見，雖然期間沒有斷了聯絡，偶爾也會關心對方的近況，可是語氣中卻多了幾分生疏。

這種尷尬的關係，連好朋友都稱不上。

眼下的情況，迫使我該去面對自己跟戴河俊的問題，這段微妙的關係已持續了好些日子，現在也該是時候解開我們之間的結了。

隔天下午大隊接力結束後，手機忽然響起訊息提示聲，我點開一看，瞬間愣住。

「我在操場旁邊。」

我連忙抬頭找尋他的蹤影，但遲遲沒看到人，點開手機螢幕正準備按下通話鍵時，熟悉的聲音倏地從身側傳來。

「在找我？」

轉過頭，便見戴河俊噙著令人懷念的微笑朝我問好。

「好久不見，這段時間過得如何？」

這句簡單的問候，竟使我忍不住鼻酸，我扯開嘴角，點了點頭，「還可以，你呢？這些日子都好嗎？」

「如妳所見，一切都好。」戴河俊依舊溫柔地笑著，他對我的態度沒有隨著關係的轉換而改變，「前兩週我跟紹謙參加學校舉辦的交流賽，我們不僅拿下冠亞軍兩座獎盃，還打破了大賽紀錄。」

「太好了！你當初選體大果然是正確的選擇，如果沒有體大的磨練與栽培，說不定你和江紹謙也無法這麼快就達到今天的成績。」聽到這個消息，我衷心地為他高興。

「或許吧。」戴河俊的笑容突然多了幾分苦澀，「進了體大，我得到了更亮眼的成績，卻失去了妳。」

我頓時一怔，啞然地看向他。

「這樣說其實有點偏頗，即使我們真的同校，我還是沒信心能把妳從張承勳身邊搶回來，雖然妳曾說會盡力忘記他，不過我知道，妳的心一直都在他身上。」

戴河俊所言竟令我無法否認，只能呆呆地望著他。

「語霏，妳現在應該有話想對我說吧？」

他哀傷的神色與毫不留情的自我剖析，都讓我愧疚。

我低下頭，低聲說：「對不起，我果然沒辦法……」

「沒辦法喜歡上我，是嗎？」見我沒有說下去，戴河俊笑著替我把話說完，「不怪妳，感情本來就勉強不得，是我一廂情願守在妳身邊，盼著妳終有一日會喜歡上我，只是沒想到妳對張承動的執著如此之深。」

我猛地抬頭，看著他臉上的笑，我心中的歉疚更深了。

他語氣無奈道：「其實妳心裡一直都只容得下他吧？」

「戴河俊……」我的眼眶不由得地紅了起來。

我自己都沒有察覺，即便我再怎麼努力想將張承動從我心中驅離，卻只是徒勞無功，反而是戴河俊看清了這個事實……

「我早就意識到了，儘管我再怎麼努力維持，我和妳的這段關係終究會結束，從謝師宴那天我就開始倒數……不過我沒想到會這麼快。」他眼底流露著悲傷。

我不斷搖頭，強忍落淚的衝動，不捨地將他擁入懷裡。

戴河俊身體一滯，無力地靠在我肩上，我肩膀上的重量宛如戴河俊承受的痛苦般，那麼沉，讓我幾乎快要喘不過氣。

「這兩個月我一直在想著我們之間將會如何。」許久，戴河俊鬆開抱著我的手緩緩開口：「如果可以，我當然不願放手，但我不能明明知道妳心有所屬，卻自私地把妳圈在我身邊，妳應該去追求屬於自己的幸福。」

戴河俊說這些話時，表情充滿了掙扎與無奈。

戴河俊一直都知道我放不下張承動，依然義無反顧地接納這樣的我，甚至用他的雙臂爲我擋下所有的風風雨雨。

他太好了，我沒有資格接受他的守護。

看著他的苦痛，我的心彷彿跟著他一起淌血。

「對不起，眞的很對不起……」除了道歉之外，我再也說不出其他話語。

我實在不敢繼續看他現在的表情。

「語霏，這是我最後的請求……就當給我的離別禮物吧，我能再抱一次妳嗎？」戴河俊的笑依然一如既往的溫柔。

戴河俊的聲音，使我的心瞬間盪起幾絲漣漪，漣漪漸漸向外擴散，愈來愈大，好似沒有盡頭，不斷向外延伸。

我勉力勾起嘴角，想讓我們這刻的記憶，別蒙上一層哀傷。

「……好。」

下一秒，戴河俊將我緊緊地攬入懷裡，在他的臂膀中，我感受到專屬於戴河俊的氣息，那是不同於張承動的溫暖。

希望終有一天，他也能找到爲他撫平傷痛的人。

❤

候鳥隨著季節的更迭展開遷徙，牠們最終目的地皆是溫暖的歸處。

然而並不是每隻鳥兒都如此幸運，有時鳥兒會因種種意外降落到目的地之外的區域。

迷鳥暫時遺失了方向，可牠仍無法放下初衷。

我相信終有一日，牠能飛回心所嚮往之處。

就如同我，再次回到了張承勳的身旁。

時序已步入冬季，儘管臺南的氣候比北部暖和了些，冬日的冰冷空氣依舊無情地刺進我的皮膚裡，令人感到陣陣寒意。

那天與戴河俊談話後，我們退回最初的朋友關係，互動卻比先前更加自然，也更親近。

戴河俊忍不住揶揄地說，他不知道是該高興還是難過。

我笑著回答當然是前者。

我向雁筑跟綵晴提起我已經和戴河俊分手時，她們的反應意外地冷靜。

「我們早猜到會是這樣的結局了。」

我問起她們爲何不驚訝，她們異口同聲地答。

綵晴從一開始就不看好我和戴河俊，當她決定把我的志願序傳給張承勳時，她就明白我和戴河俊的關係不會維持太久；雁筑則是在看到我與張承勳再相遇之後的互動後，認爲我早該跟戴河俊斷開。

也許這就是當局者迷吧……

即使有點猶豫，我還是不希望子渝對張承勳有任何誤解，於是我便將展嫣的事情告訴她了，儘管原因和過程並沒有仔細描述，她在知道事實後仍很震驚，不過也理解張承勳當初的想法了。

至於我和張承勳，繼上次那個吻之後，我們的關係卻停滯在原地。

如今我跟戴河俊已經退回朋友關係了，可是我和張承勳之間並沒有任何改變，雖然我有些疑惑，卻沒有勇氣向他問起，只好將這個煩惱暫時擱在一旁。

直到元旦連假前，才終於迎來了轉機。

那天我跟張承勳一起吃飯時，他忽然問我訂好回家車票了嗎？

見我點了點頭，張承勳的眼裡瞬間多了幾分笑意，他勾起燦笑問我：「要不要和我去跨年？」

♥

連假前一天，我和張承勳搭上同一班高鐵回到臺北，我本來提議先回家放行李再出發去跨年，他卻直接將我載到Ocean。

我想問他怎麼回事，張承勳只是神祕地說：「待會妳就知道了。」

見我一臉疑惑，張承勳笑得更開心了，牽起我的手往店裡走去。

才剛推開門，就看到大叔高興地朝我們快步而來。

「好久不見了，大叔。」面對熟悉的人跟環境，讓我感到格外開心。

「眞的好久不見。」大叔拍了拍我和張承勳的肩膀，眼底的笑意藏也藏不住，「我聽說你們同校，大學生活如何？這麼久沒聯絡，我都忍不住擔心起你們了啊。」

聽到大叔的話，我跟張承勳對望幾秒，很有默契地一起笑了起來。

大叔調了兩杯酒招待我們，雖然不好意思，不過在大叔熱情的招呼下，我還是喝了幾口，一旁的張承勳則毫不客氣地一飲而盡，向大叔再要了一杯。

我們三人開始聊起彼此的近況。

大叔說，Ocean少了張承勳的駐唱，一開始客人銳減了許多，不過新的駐唱歌手加入後倒是給這裡帶來不一樣的氛圍，不見得是壞事。而且大叔本就不太在意營收，只是喜歡與客人一起同樂的氣氛罷了。

張承勳在喝了幾杯之後忽然站起身，說想去洗把臉，讓醉意消退一些。

望著他離去的背影，我調侃：「原來張承勳也有喝醉的時候，上次謝師宴，班上同學個個誇他酒量好，喝再多臉都不會紅，神智也很清醒。」

這時大叔突然將身體朝我一傾，語帶笑意悄聲問我：「語霏，我這裡有個Rain珍藏很久的寶貝，妳想不想瞧一瞧？」

我想都沒想便點頭，直嚷：「當然要。」

大叔嘴角的弧度更深了些。

他打開吧檯後方的門，示意我和他一起走進去，在彎過幾個轉角後，我不禁納悶地皺起眉頭，想著究竟是什麼樣的珍品，居然藏得這麼隱祕。

當大叔走到某扇門前，準備轉開門把時，我連忙抓住他的手，困惑地問：「不對啊，大叔，這扇門出去就是店外了耶，不是要看張承勳珍藏的寶貝嗎？」

大叔只是笑而不答，逕自推開門，直到門打開的同時，他才笑容滿面地說：「我沒說錯啊，Rain一直珍藏的寶貝，就是妳，語霏。」

我頓時愣住，轉頭看向前方，映入眼中的是用蠟燭圍成的圓圈，張承勳坐在正中央，手裡抱著那把紅褐色的吉他。

在看見我後，張承勳先是笑了笑，隨即低下頭，彈起吉他。

他閉上眼，輕撥弄弦，深情的嗓音伴隨吉他聲落入我的耳裡，用最溫柔的方式，爲我撫去心中過往所有的悲傷。

這熟悉的旋律……和我第一次在Ocean聽到張承勳彈吉他時一樣，是〈夜空中最亮的星〉。

當張承勳彈完最後一個音，幾滴冰冷的觸感落在我的臉上，我才發現天空飄起了雨，雖然雨勢很小，但那圈搖曳的燭光，隨著這場綿綿細雨逐漸暗了下來。

張承勳抬起頭，伸出了一隻手，似乎正在感受雨的氣息。

他沉浸在這場雨之中，眼神也迷茫了起來。

良久，張承勳扯開嘴角，輕笑了聲，那抹笑容卻夾雜著幾分苦澀。

「記得……展嫣出事前也是這樣的天氣。」張承勳的聲音很輕，像是從很遠的地方傳回來似的，「那時她連雨衣都沒穿，就直接跳上機車，離我而去。」

「不用了，我們坐公車吧，下雨天騎車太危險了，要是出事怎麼辦？」

我想起張承勳曾經說過的話，這才明白他爲什麼堅持不在雨天騎車。

因爲害怕再次失去，所以才更加小心。

我沒有說話，心中卻泛起了幾絲悲傷。

張承勳抱著吉他，朝我慢步而來，面上的悲傷已然褪去，取而代之的是溫暖的笑容。

「我很清楚，無論過了多久，關於展嫣的記憶仍會存放在我的內心深處。」張承勳走到我面前，將吉他擱在一旁，伸手輕撫我的臉，「可是那都過去了。」

我怔怔地望向他。

「如今站在我眼前的，是我曾經失去過的、最珍貴的寶貝，這次我不想再放開妳了，語霏。」他的眼眸中似乎只能看見我的倒影，「對不起，讓妳等了這麼久……語霏，妳願意和我在一起嗎？」

話音落下的瞬間，我心底深埋已久的情感終於能傾洩而出，情不自禁流下喜悅的淚水。

「怎麼哭了？」張承勳心疼地替我拭去眼角的淚。

「因爲太高興了……所以忍不住……」我紅著眼眶，抽抽噎噎地說。

他低下頭輕輕地吻住我，唇上傳來的溫熱觸感，融化了我心中所有的傷痛與疑慮，那些曾重重壓在我心上揮之不去的陰影亦逐漸淡去……

張承勳離開我的唇，在我耳畔旁呢喃：「我喜歡妳……」

他近乎氣音的告白是如此輕柔。

那一瞬間，我彷彿聽見來自雨的告白。

我心中那場好似沒有盡頭的雨季，也隨著他的話語，逐漸終止。

與初識那時相同，他帶來的光芒，再次照亮了我的世界。

全文完

後記
每個人都有專屬自己的恆星

嗨，我是茯寧，很高興《聽雨的告白》能以實體書的形式呈現在各位面前。

首先得感謝ＰＯＰＯ原創以及二〇一六華文創作大賞，若我沒有參與這個比賽，就不會創作出這個故事。

一直以來，我都和抽獎無緣，大考猜什麼錯什麼，發票能中兩百塊就歡喜不已，連前陣子我跟朋友一起在FB上抽電影票，她兩個帳號都中獎了，我卻還是沒能抽到。

唯有這次，我認爲自己很幸運。

去年暑假，結束了兩年系上營隊的帶隊生活後，我點開了很久沒開的ＰＯＰＯ頁面，意外發現華文大賞這個活動，當時已經七月中，明知時間很趕，仍任性地按下報名鍵，有驚無險地在最後一天壓線完成參賽稿件。

在敲下第一個字前，其實我已有三年的時間幾乎沒有寫作，所以開始時有些生疏，甚至不知該從何下筆。

現在回想起來，我依然覺得那段趕稿的日子像作夢一樣，也很慶幸自己能找回當初對寫作的熱情，並重回創作的世界。

《聽雨的告白》的故事雛型來自於我七年前的兩部舊作。

故事主軸圍繞在語霏、張承動和戴河俊身上。若要比喻三人之間的關係，大概就是星系中的星體吧。張承動是顆發光發熱的恆星，照亮了語霏的世界，戴河俊則是默默守在語霏身旁的衛星。

在網路上連載的時候，看到有許多讀者心疼戴河俊，但是我仍然認爲，他與語霏繼續交往不會是個好選擇。也許沒有後來的種種，他們能夠一起走到最後，不過面對無法放下張承動的語霏，戴河俊眞的能幸福嗎？可能我太喜歡戴河俊這個角色了，所以我寧願他放掉這段勉強的感情，讓他能去尋找眞正屬於自己的那個人。最終戴河俊不會再是守護他人的衛星，而是成爲對方心中的恆星。

雖然後續我沒有寫出來，可是在我心裡，戴河俊在未來是幸福的。

至於綵晴是我在整個故事中，喜歡程度僅次於戴河俊的角色，她總能適時地引導語霏前進，說是她的人生導師也不爲過，不知道大家是否會好奇綵晴的故事呢？

其實在最初的安排裡，綵晴是配角群中，除了何允熙外，最早知道張承動苦衷的人，然而礙於比賽時間限制的關係，我沒有詳細地描寫這段劇情，如果之後有機會，我希望有機會把這部分寫出來。

而故事中最神祕、並牽動著劇情展開的關鍵角色，應該就是展嫣了。

關於她和張承勳之間的故事，我刻意沒有著墨太多，怕會模糊故事的重點。所以這部分，我打算以另一篇故事來呈現。

其實《聽雨的告白》是一部簡單的校園愛情故事，眞的很謝謝馥蔓跟POPO原創的賞識，讓這部作品得獎，甚至能夠出版實體書。

同時也很感謝編輯鈞儀和鈺惠，在各方面不斷包容我這個出版新手，無論是寫作或修稿方面，妳們總是很耐心地回答我的疑惑。

更要謝謝每個支持我的讀者，無論是陪著我一路走來，或現在正在閱讀的你，都是我持續創作的動力。

最後，我眞的覺得自己是個很幸運的人，能在寫作這條路上圓夢。

未來，我也會繼續加油！

苿寧

國家圖書館出版品預行編目資料

聽雨的告白／菻寧著．-- 初版．-- 臺北市；城邦原創，民 106.07
面；公分．--（戀小說；78）

ISBN 978-986-94706-7-4（平裝）

857.7 106011354

聽雨的告白

作　　者／菻寧
企畫選書／楊馥蔓
責任編輯／楊馥蔓、邱鈺惠
行銷業務／林政杰
總 編 輯／楊馥蔓
總 經 理／伍文翠
發 行 人／何飛鵬
法律顧問／元禾法律事務所　王子文律師
出　　版／城邦原創股份有限公司
台北市中山區民生東路二段 141 號 6 樓
電話：(02) 2509-5506　傳真：(02) 2500-1933
E-mail：service@popo.tw
發　　行／英屬蓋曼群島商家庭傳媒股份有限公司城邦分公司
聯絡地址：台北市中山區民生東路二段 141 號 11 樓
書虫客服服務專線：(02) 25007718．(02) 25007719
24小時傳真服務：(02) 25001990．(02) 25001991
服務時間：週一至週五 09:30-12:00．13:30-17:00
郵撥帳號：19863813　戶名：書虫股份有限公司
讀者服務信箱 email：service@readingclub.com.tw
城邦讀書花園網址：www.cite.com.tw
香港發行所／城邦（香港）出版集團有限公司
地址：香港灣仔駱克道 193 號東超商業中心 1 樓
email：hkcite@biznetvigator.com
電話：(852) 25086231　傳真：(852) 25789337
馬新發行所／城邦（馬新）出版集團 Cité(M)Sdn. Bhd.
41, Jalan Radin Anum, Bandar Baru Sri Petaling,
57000 Kuala Lumpur, Malaysia.
電話：(603) 90578822　傳真：(603) 90576622
email:cite@cite.com.my
封面設計／黃聖文
印　　刷／漾格科技股份有限公司
電腦排版／陳瑜安
經 銷 商／聯合發行股份有限公司
電話：(02)2917-8022　傳真：(02)2911-0053

■ 2017 年（民 106）7 月初版
■ 2022 年（民 111）5 月初版 8.5 刷
Printed in Taiwan

定價／240元

ISBN 978-986-94706-7-4

POPO城邦原創 www.popo.tw　城邦讀書花園 www.cite.com.tw